KB170906

# 무신전기 3권

초판1쇄 펴냄 | 2018년 02월 21일


지은이 | 새벽검
발행인 | 성열관

펴낸곳 | 어울림 출판사
출판등록 / 2009년 1월 23일 제313-2009-12호
주소 / 경기도 고양시 일산동구 장항동 731 동하넥서스빌딩 307호
TEL / 031-919-0122
FAX / 031-919-0127
E-mail / 5ullim@hanmail.net

Copyright ⓒ2018 새벽검
값 8,000원

ISBN 978-89-992-4678-4 (04810)
ISBN 978-89-992-4655-5 (SET)

※ 저자와의 협의하에 인지를 붙이지 않습니다.
※ 이 책은 어울림 출판사와 저작권자의 계약에 의해 출간되어 저작권법의 보호를 받습니다.
※ 잘못된 책은 구입하신 곳에서 교환하여 드립니다.

3

# 무신전기

새벽검 무협 장편소설

어울림

# 목차

소도(小刀)

   태어나 기억이 존재하는 순간부터 지금까지 장현은 장혁과 떨어져본 적이 없었다.

   호북의 작은 마을에서 쌍둥으로 태어난 장현과 장혁은 단 하루도 부모의 곁에서 떨어진 적이 없었다. 산을 타고, 비를 맞고, 같은 젓가락을 들어올릴 때도 서로의 곁에서 떨어지지 않았다.

   그러던 어느 날, 장현과 장혁은 같은 스승을 만나 쌍아양도법이라는 도법을 배웠다.

   눈빛만 봐도 서로의 의중을 파악하고 뜻을 함께할 수 있는 장현과 장혁은 말없이 도를 섞으며 완벽하게 도법을 구사했다.

산적채를 상대하고, 마적을 상대하고, 맹에 도착해 용천 단원을 만나고, 위지천과 싸우고, 광암에게 도 한번 못 휘둘러보고 쓰러졌다.

장현은 도를 쥐어들며 산으로 올랐다.

무연이 했던 말이 머릿속에서 다시 들려오는 듯했다.

"장현, 네가 가진 도법은 장혁과 함께할 때 가장 큰 힘을 발휘할 테지?"

이미 그들의 도법을 꿰뚫어본 듯한 무연의 말에 장현이 놀라면서도 고개를 끄덕였다.

"네. 아무래도 두명이 펼치는 하나의 도법이다보니 둘이 있어야 그 진가를 발휘하죠."

무연이 살짝 고개를 끄덕이며 장현을 바라봤다.

"이번 행군에 너와 장혁을 서로 다른 곳으로 보낸 이유를 알겠나?"

갑작스러운 물음에 장현이 고개를 저었다.

"그게 의문입니다. 저는 장혁과 함께해야 가진 도법의 진가를 발휘할 수 있는데, 왜 저를 형과 따로……."

"네가 가진 도법을 너 혼자 펼쳐야만 하는 순간이 온다면, 그때는 어찌할 거지?"

무연의 말에 장현이 입을 다물었다.

단 한번도 장혁의 빈자리를 생각해본 적이 없었다. 어떤 순간에도 함께했던 그들이기에 서로의 공백을 상상해본 적이 없었다. 그렇기에 무연의 질문에 어떠한 답도 할 수 없었다.

"네가 속한 곳은 무림맹이고, 용천단이야. 장혁도 마찬가지지만, 장현 너도 홀로 섰을 때를 생각해야 할 때야."

무연이 굳이 따로 보낸 이유를 알게 된 장현이 충격을 받은 듯 잠시 멍하니 있다 고개를 끄덕였다.

"알겠습니다."

장현이 앞을 바라봤다.

어디 있는지 감도 잡히지 않았지만, 어디엔가 분명 존재하는 방해꾼들. 그들은 발을 앞으로 내딛는 순간 망설임 없이 목비도를 날릴 것이다.

쉽사리 발이 땅에서 떨어지지 않았다.

'나 혼자 할 수 있을까.'

항상 함께하던 장혁 없이, 혼자서 방해꾼을 상대로 제대로 된 무공을 펼칠 수 있을까.

'두려움이 앞설 뿐이다. 내게 용기가 없는게 아니야.'

장현이 땅위에 굳게 디딘 발을 들어 앞으로 뻗었다.

장현이 앞으로 발을 내딛기가 무섭게 목비도가 빠르게 날아들었다. 장현이 도를 들어 휘둘렀다. 작은 도기가 목비도를 쳐냈다.

'수는 다섯, 못 막을 것도 없어. 틈을 만들자.'

목비도를 쳐낸 장현의 신형이 빠르게 앞으로 쏘아져나갔다. 그를 주시하던 암영단원은 갑자기 돌진해오는 장현을 보며 급히 목비도를 던졌다.

다섯명의 암영단원이 날린 목비도는 엄청난 속도로 장현에게 날아들었다.

사방에서 몰아치는 목비도를 보며 장현이 이를 악물고는 신형을 돌리며 도를 휘둘렀다.

단 한번의 휘두름으로 네개의 목비도를 쳐냈지만, 하나를 놓쳐 등에 꽂혔다.

"윽!"

아찔한 고통에 비명이 나오려던 걸 간신히 삼켜낸 장현이 정신을 똑바로 차리며 도를 굳게 쥐었다.

목비도는 쉼 없이 날아들었다.

'만약 진짜였으면 이미 죽은 목숨이었을 거야.'

다행히 목비도였기에 네개나 쳐내고, 등에 비도가 박히지 않은 것을 잘 알고 있었던 장현. 더욱 감각을 집중하여 몰아치는 비도를 냉철하게 주시했다.

'저들이 내게 시선을 고정시킬 수 있도록!'

장현의 도에서 넘실거리며 도기가 뻗어나왔다. 몸이 춤을 추듯 움직이며 도를 휘둘렀다.

"으으… 쳇!"

보기만 해도 아픈 목비도가 쳐대도 꿋꿋하게 도를 휘두르는 장현을 보던 백하언이 발에 힘을 주어 땅을 박찼다.

"장현도 하는데 내가 못할게 뭐람!"

스스로에게 최면을 걸듯 중얼거리며 신형을 날린 백하언은 장현을 크게 돌며 대별산을 올랐다.

이를 눈치챘는지 암영단원 한명이 백하언을 바라보았다. 날아오는 목비도의 수가 줄어든 걸 느낀 장현이 급히 말했다.

"백 소저!"

장현의 외침에 백하언이 더욱 빠르게 발을 놀렸다.

암영단원이 그녀에게 가기 시작했다는 뜻이다.

쉬이익!

탁!

아니나 다를까. 간발의 차이로 백하언의 뒤에 있던 나무를 향해 목비도가 날아왔다. 강하게 나무를 치고 땅에 떨구어졌다.

간발의 차이였으니 조금만 늦었어도 목비도에 어깨를 맞았을 것이다.

온몸에 돋는 소름을 느끼며 백하언이 소매를 펼쳤다.

붉은 용천단의 무복이 백하언의 손짓에 맞춰 휘날리며 소매에서 은빛 실이 가득 뿜어져나왔다.

팅—

은사에 튕겨진 목비도가 땅에 떨구어졌다.

백하언의 수준을 얕볼 수 없다고 생각한 암영단원들이 장현을 뒤로하고 백하언을 쫓았다. 장현이 입술을 깨물며 몸을 날렸다.

"어딜 가!"

장현이 도기를 날리며 암영단원의 시선을 자신에게로 끌고 왔다.

제아무리 암영단원이 날쌔고, 은신술에 뛰어나다 하여도 감히 도기를 무시할 순 없었기에 그들이 다시 장현에게 목비도를 던졌다.

사방에서 소리 없이 날아드는 목비도를 본 장현이 공중에서 몸을 한바퀴 돌리며 도를 휘둘렀다.

팅! 타앙!

두개를 쳐냈지만, 쳐내지 못한 나머지 목비도가 장현의 어깨와 허벅지를 쳤다.

"크윽!"

땅에 내려앉은 장현의 한쪽 무릎이 꺾였다.

간신히 신형을 다잡은 장현이 오른손으로 무릎을 받친 덕에 주저앉지는 않았지만 크게 인상을 썼다.

자신의 이런 모습을 암영단원에게 보여주면 그들의 시선이 백하언에게 향할 것임을 알고 있었기 때문이다.

"크악!"

이를 악물며 일어선 장현이 살벌한 눈빛을 하곤 목비도 날아드는 쪽으로 몸을 날렸다. 놀란 것인지 목비도가 빠르게 장현의 정면으로 날아들었다. 고개를 틀어 피한 뒤 도를 수평으로 세우며 찔러 들어갔다.

팅! 타악!

"큭!"

장현이 들고 있던 도의 도신(刀身)과 왼쪽 어깨에 동시에 목비도가 박혔다.

때문에 도극의 끝이 흔들려 방향을 상실했다. 장현의 도는 방해꾼을 찌르지 못하였고, 목비도 때문에 왼쪽 어깨가 크게 부어올랐다.

하지만 장현은 멈추지 않았다.

"하압!"

축 늘어진 왼쪽 어깨를 애써 무시하며 오른손으로 도를 휘두른 장현은 날아드는 목비도를 쳐내고 고개를 숙였다.

장현의 머리 위로 목비도가 빠르게 스쳐지나갔다.

작게 들려오는 장현의 신음성에 백하언이 고개를 뒤로 돌렸다. 왼팔을 축 늘어뜨린 장현이 눈에 보였다.

잠시 망설이던 백하언이 장현에게로 신형을 돌렸다. 그를 두고는 차마 올라갈 수가 없었다.

그때 암영단을 자신이 상대하겠다고 말하던 장현의 모습이 눈에 아른거렸다.

'만약 내가 장현을 도우러 간다면…….'

장현은 자신이 모자라고, 도움이 되지 못하여 백하언이 다시 돌아왔다고 생각할 것이다. 그리고 자책하게 될 것이다.

인상을 쓴 백하언이 다시 신형을 돌려 정상을 향해 달렸다. 어서 깃발을 구해 내려오는 것이 장현을 돕는 길임을 알기에 빠르게 올랐다.

대별산을 지키는 암영단원의 수는 여섯.

다섯명은 아래에서, 한명은 깃발의 바로 옆에서 지키고 있었다.

다섯명의 암영단원 중 네명은 장현을 상대하고 있었고, 한명은 백하언을 쫓았다.

백하언을 쫓던 암영단원은 답답한 마음에 목비도를 던졌다. 그러나 눈에 잘 띄지도 않는 가느다란 은사에 가로막히는 목비도를 보며 인상을 썼다.

'은사 때문에 목비도가 닿질 않는다. 막을 방법이 없어.'

장현의 실력도 무시할 수준은 아니었지만 백하언의 은사는 도저히 뚫을 방법이 보이지 않았다.

만약 목비도가 아닌 진짜 비도를 가졌다면 수가 있었겠지만, 그들이 가진 것은 나무로 만든 만큼 한계가 있었다.

'나 혼자선 안 돼. 정상에 있는 단원과 합류하는 수밖에.'

비도를 날리는 것을 중단한 암영단원이 다리에 힘을 주어 내달렸다. 백하언은 달리기 시작하는 암영단원을 보며 눈을 찌푸렸다.

'깃발을 지키려는 건가?'

그의 의도를 알아차린 백하언이 다리에 힘을 주었다.

곧 암영단원과 백하언의 등반 경쟁이 시작되었다.

깃발을 지키던 암영단원은 멀리서 달려오는 백하언과 더룬 단원을 보며 고개를 갸웃했다.

분명 그녀를 막는 것이 임무인데 나란히 서서 누가 더 빨리 정상에 오르는지 경쟁하려는 듯 보이자 의아해진 그는 품에서 목비도를 꺼내 들었다.

"뭐하는 거야?"

일단 여인을 막기 위해서 암영단원이 목비도를 빠르게 던졌다. 날아드는 목비도에 백하언이 이를 갈며 은사를 펼쳤다.

타앙!

목비도가 튕겨나갔다. 그를 막기 위해 움직인 것 때문에 뒤쳐진 백하언이 다리에 더욱 힘을 주었다. 하지만 대별산까지 쉼 없이 달려온 탓에 다리는 이미 한계였다.

"하악!"

발목과 무릎이 저절로 꺾이자 백하언이 급히 손으로 무릎을 짚었다. 하마터면 제자리에 주저앉을 뻔했다.

'다리도, 내공도 한계야. 이대로 가다간 깃발은커녕…….'

그녀가 시선을 아래로 했다. 이제는 보이지 않지만 장현이 목비도를 몸으로 맞아가며 암영단원의 시선을 묶어두었을 것이다.

그녀는 깃발 주위에서 자신을 막으려 준비하는 두 암영단원을 보며 주먹을 한번 말아쥐었다. 가느다랗고 하얀 손가락을 펼쳐보였다.

"내가 여기서 주저앉을 수는 없지."

만약 모두 성공했는데 자신 때문에 훈련이 실패로 돌아간다면… 그것은 그녀의 자존심상 허락할 수 없는 일이었다. 은사를 거둔 백하언은 매서운 눈매로 두 암영단원을 바라봤다.

목비도를 손에 쥔 자들. 백하언의 신형이 땅 위에서 가볍게 오르더니 엄청난 기세로 정상을 향해 쏘아져갔다.

빠르고 망설임 없이 쇄도해오는 백하언을 보며 암영단원이 목비도를 날렸다.

하지만 거미줄을 치듯 촘촘하게 펼쳐진 은사가 목비도를 쳐냈다. 백하언이 양손을 앞으로 뻗었다.

은빛의 실이 쭈욱 뻗어오자 놀란 암영단원들이 신형을 뒤로 날렸다. 백하언은 멈추지 않고 정상에 날아올랐다.

"야! 이것들아!"

백하언의 호통소리와 함께 은사가 수갈래로 뻗어져 사방으로 펼쳐졌다. 목비도만으로는 상대할 수 없다는 걸 깨달은 암영단원이 허리춤에서 검을 꺼내들며 백하언의 은사를 쳐댔다.

팅!

은사와 암영단원의 검이 맑은 쇳소리를 내며 맞부딪쳤다.

"크윽!"

암영단원의 신형이 뒤로 쭈욱 밀렸다.

한갈래의 은사에 담긴 힘이 어마어마했다.

'여자의 힘이 보통이 아니다.'

내력이 수준급이란 걸 깨달은 암영단원이 백하언을 경계하며 물러섰다.

그러나 그들은 한가지를 간과했다.

"고마워."

먼지와 피로감에 가려졌지만, 그럼에도 백하언은 여전히 아름다웠다. 하얀 피부의 백하언이 맑게 미소지으며 고맙다 말하자 암영단원이 잠시 망설였다.

그들은 곧 까맣게 잊었던 것을 상기하며 몸을 날렸지만, 이미 깃발은 은사에 의해 뽑혀 백하언의 손에 들어간 후였다.

"그럼 이만!"

백하언의 신형이 빠르게 아래로 쏘아져 내려갔다.

"이런!"

은사를 가지고 깃발을 빼돌릴 거라 생각 못한 암영단원들은 실수를 깨닫고는 몸을 날렸지만, 아래로 향하는 백하언의 신형이 더 빨랐다.

게다가 은사가 이리저리 움직이며 나무를 베거나 땅을 뒤엎어놓는 바람에 쉽사리 그녀를 따라잡을 수도 없었다.

한편, 장현과 상대하던 암영단원은 목비도를 품에 갈무리했다. 도를 땅에 꽂아 간신히 신형을 세우고 있는 장현은 온몸이 만신창이였다.

피할 수 없는 목비도를 맞아가며 암영단원의 시선이 자신에게로 향하도록 했다.

그 노력이 결실을 맺은 걸 확인한 건 밝은 표정으로 산을 내려오는 백하언을 보고 나서였다.

"하하… 역시 백 소저야……."

백하언을 보며 웃은 장현은 곧 암영단원들이 그녀를 막아설 것임을 잘 알고 있었다. 이제 바닥나버린 내력으로 할 수 있는 마지막 일격을 준비했다.

"후읍!"

빠르게 회전하는 기의 흐름에 백하언을 막아서려던 네 명의 암영단원이 시선을 돌려 장현을 봤다.

붉은 장현의 무복이 바람에 빠르게 휘날렸다. 오른손으로 들어올린 그의 도에서 회오리치듯 기가 모여들었다.

내려오는 백하언을 보며 장현이 도를 크게 들어올렸다.

"안 막으면 많이 다칠걸!"

장현의 호언장담에 암영단원이 허리춤에 메인 검에 손을 가져다댔다.

확실히 그의 말대로 장현의 도에서 느껴지는 기운은 무시하거나 가벼이 볼 수준이 아니었다.

백하언이 지척으로 다가왔지만, 그들은 막아설 수 없었다. 그만큼 장현의 도에서 느껴지는 기운이 흉포하게 휘몰아쳤다.

백하언은 장현과 대치한 암영단원을 빠르게 지나 그에게 다가갔다.

"가세요."

담담히 말하는 장현에 잠시 망설이던 백하언은 빠르게 그의 상태를 살펴보았다.

눈에 띄는 상처는 없었지만, 그의 몸이 정상이 아님을 그녀도 알고 있었다. 무슨 말이라도 하려 했지만, 아무 말도 나오지 않았다.

'이럴 땐 무슨 말을 해야…….'

사람을 대하는 것이 서툰 백하언은 무슨 말을 해야 할지 몰라 망설였다. 그때 장현의 목소리가 들려왔다.

"백 소저."

그녀가 장현을 바라봤다. 장현은 아무렇지 않다는 듯 미소를 지어보이며 말했다.

"가세요."

백하언이 작게 고개를 끄덕이며 달려갔다.

그녀를 쫓아 내려온 둘이 합세해 총 여섯 명이 된 암영단원이 쫓으려 했지만, 장현이 막아섰다.

"어딜!"

자신조차 제어가 되지 않는 듯 부들거리는 도와 흉포해지는 기운을 간신히 붙들고 그들을 막아섰다.

그러나 암영단원은 장현이 버티지 못할 것을 알고 있었다. 두 다리가 부들거리고, 한 손으로 든 도와 오른손이 파르르 떨리고 있었다.

아마 내력을 유지하며 서 있는 것조차 힘들 것이다.

"그 이상 하면 주화입마에 빠진다."

암영단원 중 한명이 앞으로 나서 말했다. 장현은 진심 어린 그의 충고에 고개를 끄덕였다.

"알아요."

안다면서도 기운을 거두지 않는 장현을 보며 암영단원이 할 수 없다는 듯 고개를 저으며 다가갔다.

"깃발을 쫓지 않으마. 그러니 기운을 거두어라. 그 이상 유지하다간 다음을 장담 못해."

그의 말에 잠시 망설이던 장현이 곧 기운을 거두었다.

흉포하게 휘몰아치던 기운이 허공에 흩날리며 사라졌다. 언제 그랬냐는 듯 사그라지는 기운을 보며 암영단원이 허탈하다는 듯 웃었다.

"하하… 눈속임이었나?"

"하…하…….."

암영단원은 허탈했다. 장현이 손에 들고 섰던 내력의 폭풍, 그것은 말 그대로 눈속임이었다.

겉으로 보았을 때는 도에 엄청난 내력이 깃들어 있어 미처 제어하지 못한 내력의 폭주상태로 보였지만, 실제로 내력은 거의 없었다. 단지 내력을 검 주위에 회전시킨 것뿐이다.

"음?!"

급히 장현에게 다가간 암영단원이 쓰러지는 그를 안아들었다. 장현을 가볍게 땅에 눕힌 뒤 상태를 살폈다.

"무모한 녀석이군……."

몸에 남은 내력이 거의 없었다. 내력의 고갈상태, 게다가

몸은 망신창이였다.

　암영단원에게 맞은 목비도의 영향도 있었지만 이미 대별산으로 오면서부터 그의 체력은 한계였다. 두다리도 한계점을 맞이한지 오래였다.

　"광암님도… 무모한 걸 시켰군."

　아직 어린 신입무인들을 상대로 내건 훈련치고는 과하다 생각한 암영단원은 곤히 잠든 장현의 몸을 주물렀다.

　"서신을 준비해라."

　그의 말에 암영단원이 휘파람을 불자 작은 매 한마리가 날아왔다.

　"대별산의 깃발을 그들이 가져갔다고."

＊　　＊　　＊

　품에서 지도를 꺼내든 백아연은 붉은색으로 표시되어 있는 지점을 바라봤다. 무연이 말한 지점, 광산에서 깃발을 찾으면 최대한 빨리 오라고 했던 곳이다.

　백아연은 후들거리는 다리를 다 잡으며 급히 달렸다.

　광산에서 달리기 시작한지 이틀이 지났다.

　쪽잠을 자고, 쉼 없이 달렸다. 내공은 운기조식으로 어느 정도 채워놓았지만 다리는 어쩌지 못했다.

　하지만 뒤에 남겨진 장혁과 우윤섭 그리고 자신처럼 힘

겹게 깃발을 가지러 간 인원들을 떠올린 백아연은 멈출 수 없었다. 그저 묵묵히 달릴 뿐.

*　*　*

산악 행군 훈련이 시작된지 일주일 하고도 나흘이 지났다. 남은 기간은 삼일.

도원은 이따금 무림맹의 입구에 서서 용천단원을 기다렸다. 하지만 그들의 모습은 보이지 않았다.

오늘도 어김없이 입구에 선 도원은 자신처럼 입구로 나온 광암을 보며 말했다.

"광암님도 나오셨습니까?"

광암은 말없이 고개를 끄덕였다. 한명의 단주와 한명의 스승이 서 있은지 한시진이 지났다.

그때 저 멀리서 익숙한 얼굴의 여인이 달려왔다.

"저자는… 한소진?"

그녀는 한소진이었다. 천중산에서 빠져나온 한소진이 제일 먼저 무림맹에 도착한 것이다.

그녀의 이마에선 땀이 흐르고 있었다. 잠을 제대로 청하지 못했는지 눈밑이 거무튀튀하고 퀭한 모습이었다.

그녀는 담담하게 무림맹의 입구로 다가왔다. 품속에서 깃대를 부러뜨린 깃을 꺼내어 광암에게 내밀었다.

"천중산의 깃입니다."

"그래. 수고했다."

광암이 깃을 살펴보았다. 천중산의 정상에 꽂아두었던 깃이 확실하자 품에 넣은 광암은 그녀에게 물었다.

"헌데 너는 무연과 함께 천중산으로 가지 않았더냐?"

"그렇습니다."

"그런데 왜 혼자 온 거지?"

"부단주는 저와 다른 길을 갔습니다."

"다른… 길?"

한소진이 가볍게 고개를 끄덕였다. 얼마 지나지 않아 익숙한 얼굴이 눈에 보였다.

"백건이군……."

무복은 이리저리 찢겨 있고, 머리는 산발인 백건이 숨을 헐떡거리며 무림맹의 입구로 달려왔다.

체력의 한계를 맛보는 중인 듯 두다리가 부들거렸다.

"여, 여기 깃발입니다."

백건이 힘겹게 품에서 깃을 꺼내 광암에게 내밀었다. 광암은 깃을 받으며 백건을 바라봤다.

"너는 이범과 함께였을 텐데 왜 홀로 온 것이냐?"

"이범은… 다른 길을… 갔습니다."

"다른 길?"

무연과 마찬가지로 이범 역시 다른 길을 갔다고 했다.

도무지 알 수 없는 그들의 말에 광암이 턱을 매만지며 생각했지만, 다른 이유를 찾기가 힘들었다.

어쨌든 네개의 깃발 중 두개가 모였다.

"삼일 안에 광산과 대별산의 깃발이 도착할 수 있겠나?"

광암이 한소진과 백건을 두고 물었다.

"네."

"네."

백건과 한소진이 누가 먼저랄 것도 없이 대답했다. 두 사람의 말에는 확신이 묻어 있었다.

가장 가까운 천중산과 평정산도 일주일 하고도 나흘이 걸리는 여정이었다.

헌데 가장 멀리 있는 광산과 비교적 먼 곳에 위치한 대별산으로 간 그들이 과연 삼일 안에 돌아올 수 있을까.

광암은 의문을 가졌지만, 도원은 희망을 가졌다.

'확실히 광산과 대별산은 먼곳에 위치했다. 하지만… 무연과 이범이 다른 길을 갔다고 한 걸 보면 뭔가 방법이 있다는 뜻이겠지…….'

그는 눈을 감으며 무연을 떠올렸다.

정체도, 수준도 미지수였지만 왠지 믿음이 갔다. 그렇기에 삼일 후가 기대되었다.

광암마저 장담하지 못했던 훈련과제를 '어쩌면 무연과 용천단원이 해낼 수 있지 않을까'하는 기대감이 들었다.

복귀하다

"하아……."

백아연이 거칠게 숨을 내쉬었다.

여남(汝南)마을에 도착한 백아연은 목을 간지럽히며 흐르는 땀을 닦아내며 고개를 들었다.

무연이 말한 장소는 서평. 못 해도 지금은 서평에 도착해야 했다.

남은 기한은 삼일이었다. 과연 무연의 말대로 서평에 도착한다고 해서 삼일 안에 무림맹에 도착할 수 있을까.

의심이 꼬리에 꼬리를 물고 그녀의 머릿속에 맴돌았다.

다리는 후들거렸고, 숨은 턱 끝까지 차올랐다. 게다가 운기조식으로 겨우 회복한 내력이 바닥났다.

"늦으면 안 돼."

말을 마친 백아연이 발걸음을 옮겼다. 그러나 발가락 끝에도 힘이 더 이상 들어가지 않았다.

"윽!"

휘청거리던 백아연의 신형이 앞으로 고꾸라졌다.

그때 우직한 두팔이 어깨를 잡아 주었다.

자신의 몸을 지탱한 이를 바라본 백아연의 두눈이 점점 커졌다.

"무 공자?"

서평에서 보기로 했던 무연이 여남에 있자 놀란 백아연이 눈을 끔벅였다. 무연은 담담히 말했다.

"서평에 가니 아직 도착하지 않았더군. 그래서 왔다."

별일 아니라는 듯 무덤덤하게 말하는 무연에 백아연이 자리에 털썩 주저앉으며 깃을 꺼내 내밀었다.

이제 깃을 맡길 사람을 만나니 절로 몸이 노곤해져 모든 피로감이 한꺼번에 몰려왔다. 간신히 열고 있던 눈꺼풀은 천근만근이 되어 내려왔다.

"이걸 왜 나에게 건네는 거지?"

무연의 말에 감기던 백아연의 눈꺼풀이 빠르게 열렸다.

"네?"

백아연이 이해되지 않는다는 듯 눈을 깜박이며 무연을 올려다보았다. 그러나 무연은 무심히 그녀를 내려다보았

 30

다.

"무 공자 아니, 부단주님이… 가져가시는 게 아니었나요?"

백아연이 그를 향해 이해되지 않는다는 듯 문자 무연이 고개를 저었다.

"가져가는 건 네 몫이다. 광산을 맡은 것은 너희 조였으니까."

"하지만 불가능해요… 이미 내력도 바닥났고, 신체도 한계예요."

고개를 절레절레 젓는 백아연을 내려다보던 무연. 상체를 숙여 백아연을 들어올렸다.

갑작스럽게 무연에게 들려진 백아연이 얼굴을 붉혔다. 가까워진 무연의 얼굴을 차마 바라보지 못하고 말했다.

"왜, 왜?"

자신을 왜 든 것일까. '설마 무림맹까지 이렇게 가려는 건 아니겠지?'하는 생각에 백아연이 혼란스러웠다.

하지만 다행히 그런 것은 아닌 듯 무연이 빠른 걸음으로 버려진 폐가에 들어섰다. 무연은 백아연을 내려두며 말했다.

"정좌를 취해."

"아, 네."

정신은 없었지만, 어쨌든 무연의 말이니 정좌를 취한 백아연은 곧 따스한 두손이 등에 닿는 것이 느껴졌다.

"눈을 감고 운기조식을 해라."

의도를 알 수 없던 백아연은 곧 무연의 손을 타고 들어오는 거대한 내력에 놀라 허리를 꼿꼿이 세웠다.

파도가 휘몰아치듯 몸 구석구석을 감싸며 들어온 내력은 텅 비어버린 백아연의 단전을 금세 채웠다.

본디 내력을 건네주는 건 같은 심법을 배운 이만 가능했다.

다른 심법을 배운 이들끼리 내력을 나눠쓰면, 서로 다른 특성의 내력이 충돌해 건네받은 자가 심각한 내상을 입게 되기 때문이다.

헌데 무연의 내력은 백아연의 신체가 감히 거부할 수 없는 수준의 거력이 담겨 있었다. 아무런 특성도, 성질도 느껴지지 않았다.

그녀의 몸에 흘러들어간 무연의 내력은 아무런 거부감 없이 백아연의 텅빈 단전을 가득 채웠다.

빠른 시간 내에 내력을 건네준 무연은 곧 백아연의 혈도를 여러 군데 찔렀다.

무연의 손가락이 혈도를 찔러올 때마다 움찔거렸지만 몸이 풀려가는 것이 느껴졌다.

'추궁과혈?'

혈도를 점해 내력의 흐름을 도와 신체를 보전하고, 보다 나은 진기의 흐름을 이끌어내는 행위다. 이를 하기 위해서는 사람마다 조금씩 다른 혈도의 위치를 알아야 했다. 상

대의 내공심법에 대해서도 어느 정도 조예가 있어야 했다.

무연이 백아연의 내공심법을 알 리가 없을 터인데, 그의 추궁과혈에는 아무런 거부감이 들지 않았다.

추궁과혈이 끝나자 백아연이 깊게 숨을 내쉬었다.

그러자 몸에는 강한 내력이 깃든 탓에 기운이 넘쳤다. 납 덩이를 두른 듯 무겁던 두다리는 날아갈 듯 가벼웠다.

"이건……."

이해되지 않는 자신의 몸 상태에 백아연이 혼란스러워했다. 무연이 담담하게 말했다.

"모자란 내력을 채우고, 몸의 피로를 풀었다. 광산의 깃을 삼일 안에 무림맹으로 가져가는 일은 이제 너에게 달렸어."

가볍게 자리에서 튕기듯 일어선 백아연이 고개를 끄덕였다.

무연에게 묻고 싶은 마음이 굴뚝같았고, 이해되지 않는 내력의 깊이에 대해서도 궁금했다.

하지만 지금은 물어볼 때가 아님을 현명한 백아연은 알고 있었다.

"네."

무연의 도움으로 최상의 몸 상태가 된 백아연이 빠르게 발걸음을 옮겼다.

'무 공자가 할 수 있는 일임에도 내게 맡긴 것은… 내가 맡은 일이기 때문이겠지.'

백아연은 무연이 굳이 그녀에게 깃발을 맡긴 이유를 알았었다.

책임감. 광산의 깃을 책임지기로 한 사람이 백아연과 장혁, 우윤섭이었기에 그들에게 맡긴 것이다.

무연이 행한 배려와 도움. 그리고 그녀와 용천단을 위해 광산에 남은 이들을 위해서라도 백아연은 망설일 수 없었다.

빠르게 사라져 가는 백아연의 뒤를 바라보던 무연은 시선을 돌려 그녀가 달려왔던 길을 바라봤다. 그리고 무연의 신형이 빠르게 그 자리에서 지워져갔다.

\* \* \*

"후우! 후우!"

비교적 수월하게 대별산에서 깃발을 빼앗은 백하언이 빠르게 달렸다.

남은 기한은 삼일. 백건과 이범이 있던 평정산에 도달한 그녀. 무강에 도착하여 멀리 보이는 평정산의 모습에 숨을 몰아쉬었다.

"후우! 쳇!"

아직 평정산에 도착하지도 못했건만 남은 기한이 너무도 촉박했다.

아무래도 깃발을 빼앗는 과정에서 내력을 너무 많이 소

 34

진한 탓에 더 늦어진 것 같았다.

무강에서 바로 평정산을 지나 무림맹이 있는 신정으로 향하려던 백하언은 익숙한 얼굴에 눈을 동그랗게 뜨며 놀랐다.

"이…범?"

본래 평정산에서 깃발을 얻어 신정으로 향했어야 하는 인물이 무강에 모습을 보인 것이다.

"멀쩡해 보이니 다행이오."

이범의 조곤한 목소리에 백하언이 조용히 고개를 끄덕였다. 관심 있는 남자의 말이라 설렐 법도 했지만, 그녀는 만신창이가 된 그를 보며 차마 미소를 보일 수 없었다.

"어떻게 된 거예요?"

백하언이 다가와 묻자 이범이 고개를 저으며 말했다.

"깃발을 얻는데는 성공했는데 너무 쉽게 생각하는 바람에 이리된 것이오. 방심이 화를 부른 셈이오… 깃발은?"

한탄하듯 쏘아낸 이범의 말에 백하언이 품에서 깃발을 꺼내보였다.

온전한 깃발의 모습에 이범이 고개를 끄덕이며 미소지었다.

"역시 백 소저… 그럼 힘내주십시오."

"같이… 안 가요?"

어차피 이범 역시 무림맹으로 복귀해야 하니 백하언은 그와 함께 가고 싶었다. 그러나 이범은 고개를 저었다.

"나는 해야 할 일이 있소. 먼저 가시오."

"알겠어요……."

말을 마친 백하언은 굳이 더 묻지 않고 빠르게 뛰었다.

멀어지는 그녀를 보던 이범은 후들거리는 다리를 부여잡았다. 멀리 있음에도 거대한 위용을 자랑하는 대별산을 바라봤다.

"자, 가보자."

이범의 신형이 빠르게 대별산으로 향했다.

\* \* \*

"흠……."

용천단원이 떠난지 정확이 이주째가 되는 날 아침.

새벽같이 무림맹 입구에 나온 도원이 팔짱을 낀 채 저 먼 곳을 향해 시선을 던졌다.

그의 옆에는 광암이 함께 서 있었다. 뒤에는 한소진과 백건이 묵묵히 자리했다.

아무런 공통점도 발견할 수 없는 네사람이 기다리는 것은 단 하나였다. 바로, 깃발.

광산과 대별산의 정상에 꽂혔던 깃발이다.

해는 부지런히 움직여 벌써 동이 트기 시작했다. 산맥을 넘어 주홍빛이 서서히 온 세상을 물들이는 중이었다.

"오지 못하는가……."

도원이 아쉬운 마음에 주먹을 강하게 쥐었다폈다를 반복했다. 광암은 묵묵히 서 있었다.

그때, 저 멀리서 한명의 신형이 아른거리며 보이기 시작했다.

처음엔 하나로 보였던 신형은 어느새 두개가 되었다. 한 여인이 다른 여인을 부축하여 빠르게 오고 있었다.

"배, 백아연과 백하언!"

그 두명의 여인을 알아본 도원이 눈을 크게 떴다.

백하언을 부축한 백아연은 점점 가까워 오는 도원과 광암을 향해 빠르게 다가갔다. 다가선 그녀는 품에서 깃발을 꺼내었다.

"광산의 깃발입니다."

금실로 기린이 수놓아진 붉은 깃발. 틀림없는 광산의 정상에 놓인 깃발이었다.

이어서 백하언이 품에서 깃발을 꺼냈다.

"대별산의 깃입니다."

이번엔 금실로 봉황이 수놓아진 붉은 깃발. 대별산의 깃발이 분명했다.

광암은 묵묵히 그들의 깃발을 받았다.

훈련과제를 성공적으로 마쳤다는 안도감 때문일까. 백아연과 백하언이 신형이 크게 무너졌다. 그녀들의 주변에 있던 한소진과 백건이 각각 백아연과 백하언을 부축했다.

"수고했다. 헌데, 나머지는 모두 어디 있지?"

"나머지…요?"

백아연이 궁금하여 물었다. 광암이 한소진, 백아연, 백건과 백하언을 보며 말했다.

"그래. 너희와 함께 갔던 용천단원들은 모두 어찌되었냔 말이다. 설마 두고 온 것이냐?"

광암의 말에 백아연이 '아차'하며 마른침을 삼켰다.

체력의 안배를 위해서 역할을 나누었고, 그 과정에서 우윤섭과 장혁이 광산에 남았다. 이는 장현도 마찬가지였다.

"이, 이범은……."

"내가 단순히 2주 안에 깃발을 가져오라고 했다고 생각하나?"

광암의 싸늘한 말에 용천단원들이 얼어붙은 채 자리에 섰다. 그는 용천단원을 보며 무심히 입을 열었다.

"깃발을 가져오기 위해 용천단원을 두고 온 것이냐."

"하지만……."

백아연은 광암의 무심한 말에 반박하고 싶었다.

그러지 않았다면 깃발을 가져오지 못했을 거라고, 목표를 달성하지 못했을 것이라고.

"두고 오지 않았다면 깃발을 가져오지 못했을 거라고 말하려는 것이냐?"

그의 말에 백아연이 입을 다물었다. 목적을 위해 용천단원들 중 몇 명이 희생하였다. 이는 부정할 수 없는 사실이었다.

"알겠다."

뭐라 말하려던 것처럼 물어보던 광암은 곧 입을 닫았다. 하지만 그의 물음은 백아연을 포함한 용천단원들의 마음에 깊은 파란은 일으켰다.

'과연 목적을 위해 동료를 희생시키는 것이 맞는 것일까. 옳은 일일까?'

이것이 용천단원의 머릿속에 생긴 공통된 물음이었다.

성공을 축하하려던 도원마저 광암의 물음에 쉽사리 그들에게 다가가지 못했다.

낙담하고 있는 그들의 뒤로 한명의 신형이 눈에 들어왔다.

'무연이잖아⋯⋯?'

멀리 있었지만 안력을 돋운 도원의 눈에 보인 자는 분명 무연이었다. 게다가 그는 등에 누군가를 업고, 오른쪽 어깨에 누군가를 둘러메고 있었다.

"무연입니다."

도원의 말에 광암이 고개를 돌렸다. 도원의 말대로 그는 분명 무연이었다.

데리고 오는 이들은 무복을 보아하니 둘 다 용천단원이었다. 그들에게 다가온 무연이 살며시 내려놓은 이들은 바로 우윤섭과 장혁이었다.

무연을 발견한 백아연은 귀신이라도 본 듯 새파랗게 질

려 놀란 마음에 가슴에 손을 얹었다.

"어, 어떻게!"

경악 어린 백아연의 말에 모두의 시선이 향했다. 그녀가 이렇게 놀란 이유를 몰랐기 때문이다.

곧 들려오는 백아연의 말에 모두가 믿기지 않는다는 듯 무연을 바라보게 되었다.

"여남에서 헤어졌잖아요. 그런데… 어떻게 광산에 있는 이들과 함께… 지, 지금 무림맹으로…….."

그녀의 말에 모두가 놀랐다. 그녀의 말대로라면 무연은 여남에서 백아연과 헤어져 광산에 간 후, 그곳에 있는 우윤섭과 장혁을 들쳐 메고 다시 무림맹으로 돌아왔다는 뜻이다.

과연 그것이 가능한 일인가? 믿기지 않는 일이었지만, 정작 당사자인 무연은 매우 담담했다.

땀을 조금 흘릴 뿐 전혀 힘들어 보이는 기색이 없었다.

그는 모두의 시선을 뒤로한 채 고개를 뒤로 돌려 누군가를 바라봤다. 무연의 시선을 따라 향한 곳에는 이범이 누군가를 업고 오고 있었다.

"이범과 장현……?!"

그 둘을 알아본 백하언이 놀라서 바라봤다.

분명 무강에서 헤어진 이범이 자신이 왔던 길을 되돌아간 걸 봤다.

알고 보니 장현을 데리러 간 것임을 알게 된 백하언은 고

개를 절레절레 저었다.

"어떻게, 이렇게 빨리……."

단 2주만에 모든 깃발과 모든 용천단원이 모였다.

해는 산을 넘어 찬란하게 빛을 내고 있었다. 2주만에 모두 돌아온 용천단원들은 광암의 앞에 당당히 섰다.

"두번째 훈련은 모두 잘해주었다. 다음 훈련은 나흘 후 시작할 테니 그동안 휴식을 취하며 이번 훈련으로 생긴 부상이나 상처, 피로를 돌보거라."

광암은 말을 마치며 휙— 하고 사라졌다.

성대한 환영은 아니더라도 그들의 성공에 감탄해주거나 칭찬이라도 해줄 줄 알았는데 훈련일정을 공지하고 바로 사라지자 허탈해진 용천단원의 입이 삐죽 나왔다.

특히 정신을 차린 장혁은 애꿎은 땅에 발길질하며 말했다.

"좀 잘했다 해주면 덧나나. 2주동안 개고생했는데, 겨우 잘해줬다가 끝이라니!"

도원의 앞에서 할 만한 언사는 아니었지만, 그는 잠잠히 있었다. 그도 광암의 행동이 무심하다고 느꼈기 때문이다. 그라도 나서서 용천단원을 위로해줘야 했기에 도원이 앞에 섰다.

"광암님이 어떻게 생각하시든, 나는 너희가 매우 자랑스럽다."

도원의 말에 모두가 꼿꼿이 서서 단주인 그의 말을 경청했다.

"사실, 광산과 대별산에 대한 이야기를 들었을 땐 나 역시도 너희가 해내지 못할 거라고 생각한 게 사실이다. 하지만 멋지게 해내주었구나. 너희가 자랑스럽다."

낯부끄러운 칭찬에 장현과 장혁이 고개를 숙이며 미소를 지었다. 나머지도 기분이 나쁘지 않은듯 표정이 밝았다.

도원은 그들을 다시 한번 격려했다.

"다시 한번 말하지만 모두 잘해주었고, 수고했다. 훈련은 나흘 뒤이니 때 묻은 몸을 씻고 최대한의 휴식을 취하거라."

"네!"

용천단주의 말이 끝나기가 무섭게 단원들은 자리에 풀썩 주저앉았다. 그나마 서 있는 자는 백건과 백아연, 무연과 한소진이었다.

"아, 죽겠다."

몸을 이리저리 움직여본 장현은 놀란 듯 자신의 몸을 훑어보았다. 분명 많은 부상을 입은 몸이었는데 의외로 몸이 가뿐했다.

"암영단의 단원분 중 한분이 네 몸을 어느 정도 봐주고 계시던데, 괜찮은 모양이야?"

"아, 그런가요……."

장현은 과거 속 자신이 상대했던 암영단원을 떠올렸다. 아무래도 그가 자신을 봐준 것이리라.

그때, 백아연이 뭔가 생각난 듯 무연을 돌아보며 물었다.

"어떻게 된 거예요? 여남에서 무림맹으로 쉴 새 없이 달려온 저와 비슷하게 도착하더니, 광산에 들렀던 부단주님이 어찌……."

그녀는 혼란스러움을 느끼며 물었다. 그것은 비단 그녀만이 느낀 궁금증이 아닌 듯 모두의 시선이 무연에게로 향했다.

당사자인 장혁과 우윤섭은 몸의 한계치를 맛보고 있었는데, 어느새 제대로 정신을 차려보니 무림맹에 도착해 있었다.

"좀, 빨리 움직였을 뿐이야."

담담히 말하는 무연에 백아연이 기가 막혔다.

"그건 말이 안 되는……."

"쉬도록 하지. 나흘 후에 있을 훈련이 이것보다 쉬울리 없으니……."

무연은 그 말을 끝으로 긴 다리를 휘적이며 자리를 떠났다. 그리고 한소진이 그 뒤를 따랐다.

모두가 어이없다는 듯 무연을 바라봤지만, 그를 막고 물어볼 수가 없었다.

"에이, 모르겠다. 몸이나 씻으러 가죠."

장혁은 머리 쓰기 귀찮은 듯 고개를 저으며 일어섰다. 그를 따라 나머지도 슬금슬금 움직였다.

백아연은 여전히 궁금했지만, 고개를 저으며 한숨을 내

쉬고는 씻기 위해 움직였다.

그들 중 유일하게 묵묵히 있던 이범은 장현을 데리러 대별산에 갔을 때를 떠올렸다.

분명 암영단원과 만나 장현을 인계받고 다시 무강으로 돌아갔다.

이는 산악행군을 떠나기 전 무연에게 지시받았기 때문이다. 대별산에 남은 이를 이범이나 백건이 무강으로 데려오라고 했다.

연유는 몰랐지만, 이범은 무연의 말대로 장현을 데리고 무강으로 향했다.

그런데 놀랍게도 무강에는 무연이 있었다. 그것도 정신을 잃은 우윤섭, 장혁과 함께.

무연은 이범에게 다가와 백아연에게 했던 것처럼 내력을 어느 정도 나누어준 뒤, 추궁과혈을 통해 몸에 축적된 피로를 풀어주었다.

빠르게 무강을 벗어나는 무연을 보며 이범이 뒤따랐다.

헌데 두명을 지고 가는 무연의 속도는 이범이 감히 따라잡을 만한 것이 아니었다.

점점 뒤쳐져 결국 무연보다 늦게 무림맹에 도착한 것이다.

'단 며칠 사이에 천중산에서 광산 그리고 무강을 거쳐 무림맹으로 돌아왔다라……'

두눈으로 보고도 믿기지 않는 상황이었다.

자신을 제외한 모두가 떠나자 이범도 자리에서 일어나 그들을 따라갔다.

어차피 지금 고민해봐야 해결되지 않는 의문임을 그도 알고 있었다.

'뭐, 언젠간 알게 되겠지.'

속 편하게 생각한 이범이 빠르게 발을 움직였다.


몸을 씻고 새로운 용천단원복으로 갈아입은 무연은 점심 시간이 되자 식당으로 향했다.

텅텅 비어 있을 줄 알았던 식당은 꽤 많은 천소단원들로 북적거렸다. 대충 음식을 받아 자리에 앉은 무연은 묵묵히 음식을 먹었다.

배가 고픈 것은 아니지만 식당은 의외로 흥미로운 소식 을 들을 수 있었다.

비록 어린 무인들의 치기 어린 헛소문이나 근본 없는 이 야기들이었지만, 이를 거르고 거르다 보면 영양가 있는 것 들이 몇 있었다.

그중에서도 가장 흥미로운 얘기는 대문파들의 기 싸움에 관한 것이다.

사천지역의 대문파, 아미파와 청성파 그리고 당문의 갈 등에 관한 이야기를 듣던 무연. 자신의 옆에 앉은 이를 슬 쩍 바라봤다. 익숙한 얼굴, 그도 익히 아는 자였다.

"오랜만이네. 무 동생."

양소걸의 말에 무연이 작게 고개를 숙였다.

무연이 말이 없는 편임을 빠르게 파악한 양소걸은 묵묵한 인사에도 아무렇지 않은듯 식판에 담긴 음식을 우물거렸다. 흘러가는 이야기인 것처럼 가볍게 입을 열었다.

"운 동생이 속한 천소단원들이 일주일 전 맹을 떠나 하북의 북경으로 향했다네."

무연은 고개를 작게 끄덕이며 양소걸의 이야기를 경청했다. 그는 음식을 우물거리며 건성으로 말했다.

관심을 갖고 듣지 않는다면, 혼잣말을 중얼거리는 것처럼 보일 정도였다.

"팽가에서는 많은 수의 행상마차와 천으로 감싼 수레를 받고 있었네. 그 시기는 사혈문이 세를 늘릴 때이지. 하지만 사혈문주가 죽고 사혈문이 멸문하자 수레와 마차의 행렬이 멈칫하더니, 다시 시작되었네. 그런데 최근에 무림맹이 무인수행의 장소로 하북팽가로 정하자 행렬이 아예 멈추었어."

식사를 하며 아무런 표정의 변화 없이 앉아 있던 무연이 고개를 작게 끄덕였다.

"운 동생에게 신호탄을 주었네. 만약 그게 터지면 자네를 찾아달라는군."

운현. 그와 그의 일행이 하북팽가로 향했다. 향한지 일주일이 지났으니 아마 하북팽가에 도착했을 것이다.

양소걸의 말을 들은 무연이 천천히 자리에서 일어섰다.

"하북팽가라……."

무연의 눈이 싸늘하게 빛을 냈다.

* * *

다음 날.

산악행군 이후의 일정을 검토하던 도원. 갑작스럽게 방문한 광암에 자리에서 일어나 그를 맞이했다.

"솔직히 어제는 조금 심하셨습니다."

"뭐가 말인가?"

입맛을 다시며 말해오는 도원에 광암이 모르겠다는 듯 그를 바라보았다. 그의 모습에 도원이 정말 모르겠냐는 듯 인상을 쓰며 입을 열었다.

"2주동안 고생한 걸로도 모자라 광암님이 내준 훈련을 성공적으로 마친 이들입니다. 한마디 칭찬 정도는 해줄 수 있지 않으셨습니까?"

용천단원의 입장이 된 듯 약간 흥분한 도원의 말에 광암이 팔짱을 꼈다.

"놀랐다."

"아니, 칭찬… 놀…라셨다고요?"

뭐라 말하려던 도원은 광암의 말에 눈을 동그랗게 치켜떴다. 도원의 시선을 느낀 광암은 고개를 살짝 끄덕였다.

"사실대로 말하자면 그들의 성공은 예상 밖이었다. 성공할 수 없는 훈련이었지."

광암의 말에 도원 역시 동감하며 고개를 끄덕였다.

신정과 광산과의 거리는 인간이 뛰어다닐 만큼 가까운 뒷산 같은 수준이 아니었다.

수준 높은 무인도 넉넉히 쉬어가면 2주는 걸리는 여정이었다.

그런데 그런 곳을 왕복을 하다니. 어린 무인들이 해내기엔 어려운 과제가 분명했다.

하지만 그들은 해냈다. 포기하는 이 없이, 두고 오는 깃발도, 인원도 없이 모두가 정해진 날짜에 정확히 모였다. 물론 그들의 상태는 정상이라 하기에 다소 무리가 있을 정도였지만, 어쨌든 불가능한 훈련과제를 성공해냈다.

"그래서 나는 그들에게 두고 온 이들에 대해 말했지. 사실 인원을 두고 오는 건 현명한 선택이었어. 아마 등산하여 깃발을 가져오는 인원과 밑에 남아 바닥난 기력을 회복하는 인원을 나누었겠지. 상당한 거리의 여정인 만큼 그들은 할 수 있는 최선을 다했어."

"그런데 왜 그들을 타박하신 겁니까?"

"오만해지거나 거드름 피우지 않게 하기 위해서였다. 목표를 위해 동료를 희생하는 것을 당연시하게 하고 싶지 않았다. 그들이 설사 늦는다 해도 모두가 함께 돌아오길 바랐어. 누구도 남기지 않고."

이번엔 도원 역시 광암의 말에 동감했다. 그의 마음을 어

느 정도 이해했기 때문이다.

그때 광암이 허탈하게 웃으며 말했다.

"하하. 헌데… 무연이라는 놈이 그것을 해내더군. 어떤 가. 도원. 자네는 이해할 수 있나?"

"무엇을 말입니까?"

"여남에서 광산으로 가서, 쓰러진 이들을 업고 다시 신정으로 돌아오기까지 삼일이 걸린다는 게?"

무강에서 이범을 만났던 일을 몰랐기에 그 일은 빠졌지만, 그것만 해도 도원은 이해가 되지 않았다.

제아무리 경신술이 뛰어나고 고강한 내력을 지녔다 해도 여남에서 광산, 거기다 두 명을 업고 신정으로 오는데 삼일이 걸렸다. 도원의 상식으로는 도저히 불가능했다.

"마차나… 말을 이용한 게 아닐까요?"

"만약 그랬다면 마음이 놓일 게다."

"하지만 그게 아니라면…….."

고개를 끄덕이며 광암이 나지막이 말했다.

"무연이라는 녀석. 그저 용천단에 들어온 신입무인이라 생각하면 안 될 거다. 그를 주시…….."

똑똑똑—

문을 두들기는 소리에 도원이 말했다.

"누구냐?"

"망우입니다."

"망우? 너는 용천단의…….."

"네. 남자 무인들 숙소의 청소담당입니다."

"무슨 일로 찾아온 게냐?"

"들어가도 되겠습니까?"

"그래."

문을 열고 들어온 망우는 작은 서신을 도원에게 건넸다.

"이것을 전해달라고 해서."

"이것이 뭐냐?"

"저도 모릅니다."

도원이 서신을 펼쳐보았다. 천천히 내용을 읽던 도원이 눈을 동그랗게 뜨며 자리를 박차고 일어섰다.

"뭐라!"

다급하게 일어선 도원을 보며 광암이 궁금하여 그에게 다가갔다.

"무엇인데 그리 놀라느냐?"

"이… 이걸 보십시오."

도원이 건넨 서신을 받은 광암이 내용을 읽었다.

보낸 이는 무연이었다. 담긴 내용은 하북팽가로 간다는 말뿐이다.

보고도 없이, 서신 하나 남긴 무연의 행동에 격분한 광암이 망우를 보며 말했다.

"무연은?!"

"서신을 제게 넘겨준 뒤 곧바로 검은 무복으로 갈아입고 용천각을 빠져나갔습니다."

"이유는… 이유는 말하지 않더냐?!"

"말하지 않았습니다."

망우의 말에 도원이 당장이라도 나가려고 하자 광암이 이를 막았다.

"멈추거라. 이처럼 보고도 없이 떠난 녀석이라면 벌써 맹을 나섰을 게다."

"어째서……?"

"도원."

"예."

"용천단원을 모으거라."

*   *   *

"뭐지?"

편안하게 휴식을 취하던 장혁과 장현은 갑작스러운 단주 도원의 부름에 연무장에 모였다.

둘 외에도 무연과 한소진을 제외한 모든 용천단원이 모여 있었다.

"부단주와 한소진은……?"

이범의 물음에 백아연이 고개를 저었다.

"모르겠어요. 아무리 찾아봐도 보이질 않아요. 게다가……."

"게다가?"

"용천단원복을 두고 갔어요. 아마 원래 옷으로 갈아입은 것 같아요."

"한소진도 없단 말이냐?!"

다가온 도원이 백아연의 말에 성을 냈다.

때문에 백아연이 놀란 얼굴로 바라보자, 도원이 용천단원을 돌아보며 입을 열었다.

"무연이 하북팽가로 향한다는 서신 하나를 남기고 맹을 떠났다."

모두가 놀란 듯이 두눈을 크게 뜨고 도원을 바라봤다. 이해가 되지 않는다는 듯 백아연이 물었다.

"이유도 없이요?"

"그래. 이유도 없이. 그래서 우리는 지금부터 무연을 체포하려 한다."

"체… 체포요?!"

모두가 놀란 듯이 도원을 바라보며 물었다.

어제까지만 해도 같은 용천단원에, 부단주직을 맡았던 무연을 체포한다니 이해되지 않았다.

그러나 도원은 싸늘하게 눈을 뜨며 말했다.

"보고도, 허가도 받지 않은 채 용천단원이 맹을 나섰다. 개인의 독단적 행위이며 나는 이를 탈맹이라고 간주하고 있다."

"탈맹……!"

용천단원은 그들이 서약한 조약을 상기했다.

허가나 보고 없이 맹을 떠나는 행위는 탈맹으로 보고 징계의 대상이 될 수 있다는 조약. 분명 용천단원이 되기 전 그들이 했던 조약이었다.

조약상 무연이 저지른 행위는 탈맹이었다. 용천단은 단이 설립된 의의를 따져 그를 체포해야 했다.

"지금 당장 하북팽가로 향한다. 모두 짐을 챙기고 북문으로 집결하도록 이상."

"네!"

정신없는 상황 속에서도 용천단원이 빠르게 자신들의 짐을 챙기고 북문으로 모였다.

모이는 중에도 백아연은 이해가 되지 않는 듯 고개를 저었다.

"무 공자가 왜?"

그녀의 물음에 백건이 고개를 저으며 말했다.

"나도 모르겠군. 그만의 사정이 있었겠지. 하지만 이건 분명 무연의 잘못이다."

"그렇지만, 사정이 있을 거예요. 그게 아니라면······."

"싫든, 좋든 우린 무연을 잡아야 해. 헛된 생각하지 마."

백하언이 백아연에게 다가와 짜증스럽게 말했다.

비록 무연에 대해 악감정이 있던 것은 아니지만, 달콤한 휴식을 방해받은 것 같아 짜증이 가득한 백하언이었다.

그중에서도 우윤섭만은 시끄럽게 무연의 의중에 대해 떠드는 용천단원 사이에서도 침묵을 지켰다.

"모두 모였나?"

"아직 한 소저의 모습이 보이질 않아요……."

백아연의 말에 도원이 인상을 찌푸렸다.

"그 녀석도 용천단원복과 검이 사라졌다고?"

"아무래도… 네……."

"정정한다. 우린 탈맹한 전 부단주 무연과… 한소진을 체포하기 위해 하북팽가로 향한다."

한소진도 포함된 체포명령에 그들이 고개를 끄덕였다.

첫 임무가 자신들의 전 부단주이자 동료였던 무연과 한소진의 체포라니. 답답하고 꺼려졌지만 주어진 명령을 거부할 수는 없었다.

"간다."

"네!"

도원의 말과 함께 용천단원이 북문을 통해 하북팽가로 향했다.

\* \* \*

"전 부단주였던 무연이 하북팽가로 향했다고?"

"네. 하북팽가로 간다는 서신을 남긴채 사라졌습니다. 그래서 도원을 포함한 용천단원이 무연을 체포하기 위해 하북팽가로 향했습니다."

"그렇군… 하북팽가라."

"뭐 짚이시는 거라도 있으십니까?"

광암의 물음에 무림맹주 혜정이 조용히 눈을 감았다.

잠시 후 다시 눈을 뜬 혜정은 천천히 입을 열었다.

"짚이는 바는 있지만, 이해할 순 없구나."

"그게 무엇입니까?"

"광암."

"네."

"자네도 하북팽가로 향하게."

혜정의 말을 듣고 맹주실을 나온 광암이 북문으로 향했다. 북문에 도착한 광암은 맹을 나서기 전 했던 혜정과의 대화를 떠올렸다.

*"저는 왜?"*

그러자 혜정이 부드러운, 하지만 강직한 눈동자로 광암을 보며 말했다.

*"어쩌면 자네의 힘이 필요할지도 모르겠어."*

아직 혜정의 말이 무슨 뜻인지는 알 수 없지만, 어쨌든 맹주의 명령이자 부탁이었다.

광암은 이를 거절할 수도, 거절할 이유도 없었다.

그가 가르치기로 했던 용천단도 하북팽가로 향했으니,

맹에 남아 있을 이유도 없었다.

광암이 힘찬 발걸음으로 맹을 나섰다.

*　*　*

"하아… 하아!"

맹을 나선지 이틀. 한소진이 질린 눈으로 무연을 바라봤다.

이틀 동안 쉼 없이 달린 덕에 숨은 턱 끝까지 차올랐다. 내력은 점점 바닥나기 시작했다.

내공과 체력을 적절히 아껴가며 달렸더라면 이틀간 쉼없이 달렸어도 이처럼 지치지는 않았을 것이다.

그러나 무연의 속도에 맞춰 달리기 위해서는 전력을 다해야 했다. 이는 엄청난 양의 내력과 체력소모를 불러왔다.

"힘든가?"

무연의 질문에 한소진이 고개를 저었다.

그러자 무연의 신형이 다시금 빠르게 앞으로 나아갔다. 한소진이 눈을 질끈 감았다 뜨며 앞으로 달렸다.

'내가… 왜.'

용천단원복을 벗고 나서는 무연을 발견한 한소진은 혹시 하는 생각에 자신도 단원복을 벗고 따라나섰다.

맹을 나서는 무연을 따라 빠져나온 한소진이 그를 불렀

다.

"어디 가는 거야?"
"하북팽가."
"어째서?"
"느낌이 안 좋아."

느낌이 안 좋다는 이유만으로 하북팽가로 향하는 무연.
그리고 그를 따라가는 한소진.
어찌되었든 한소진이 맹에 남은 이유는 어디까지나 무연
과 운현 때문이다.
무연과 운현이 힘이 되어줄 거라는 송월의 말을 믿고 그
들을 따라 입맹했다. 무연에 대해 알아내기 위해 여태껏
함께 있었다.
헌데 무연이 갑작스럽게 하북팽가로 향하는 바람에 한소
진도 할 수 없이 그를 따라나선 것이다. 쉬지 않고 달리는
무연을 향해 한소진이 따라붙었다.

*　　*　　*

하북팽가에 도착한지 일주일 하고도 삼일째.
운현과 천소단원은 팽가의 장원을 돌아보았다. 무인수
행으로 온 만큼 그들은 한달동안 하북팽가에 머물면서 그

들의 무공을 견식하고, 하북팽가의 선배무인들에게 가르침을 얻게 된다.

가끔 연무장에서 팽가의 무인들과 함께 대련하면서 우애를 다지기도 했다.

운현은 그저 조용히 하북팽가를 돌아보는 중이었다.

그의 옆에는 의외의 인물이 함께하고 있었다.

운현이 넓고 넓은 하북팽가를 돌아보기를 반 시진. 따분해졌는지 운현과 함께하던 인물이 입을 열었다.

"운 공자는 왜 이러고 있는 거예요?"

앳된 여인의 목소리, 화설이 운현을 보며 물었다. 운현이 화설을 보며 말했다.

"그냥, 돌아보고 싶어서."

"이게 재미있어요?"

"아니. 생각 좀 하고 있었어."

"생각이요?"

"응."

생각이라는 말을 들은 뒤부터 화설은 부쩍 말이 없어졌다.

운현이 생각을 하고 있다니 방해하고 싶지 않았다.

말없이 화설과 함께 걷던 운현은 팽가의 외곽에 존재하는 지하동으로 향하는 입구를 발견했다.

네 명의 팽가 무인이 지키고 있는데, 이따금씩 폭은 좁고 길쭉한 모양의 상자들이 들어가는 모습을 보았다.

화설이 상자를 보며 말했다.

"마치 관처럼 생겼네요."

"관⋯⋯."

화설의 말에 운현이 재차 상자를 바라봤다. 과연 화설의 말처럼 시신을 넣어두는 관과 모양이 비슷했다.

궁금증을 이기지 못한 운현이 상자가 들어가는 작은 동의 입구를 향해 걸었다.

괜한 불안해진 화설이 막으려 했지만, 운현이 성큼성큼 걸어가자 할 수 없이 그를 따라갔다.

어느 정도 입구와 가까워지자 그곳을 지키던 팽가의 무인들이 운현과 화설을 발견하고는 날이 선 목소리로 외쳤다.

"멈추시오! 이곳은 외인이 함부로 들어갈 수 없소."

"죄송합니다. 그런데⋯ 이곳이 무엇을 하는 곳이기에 외인이 들어갈 수 없는 겁니까?"

"저곳은 팽가의 지하감옥이란다."

부드럽게 어깨를 감싸는 따스한 손길에 운현이 놀라 고개를 들었다. 턱수염을 길게 기른 중년의 남자가 비단으로 짠 도포를 입고 운현을 내려다보고 있었다.

딱 보기에도 팽가의 주요인사임을 알아차린 운현이 급히 포권을 했다.

"무림맹의 천소단원이자 청성파의 무인인 운현이라 합니다."

"화산파의 무인 화설입니다."

옆에 있던 화설 역시 운현을 따라 포권을 하며 자신을 소개했다.

그러자 중년의 남성이 둘을 인자한 눈으로 바라보았다.

"반갑구나. 나는 하북팽가의 가주, 팽우영이란다."

팽우영의 인도로 장원의 외곽까지 온 화설과 운현은 그가 건넨 차를 공손히 받아들었다.

"그래. 궁금한 게 많은 눈빛이구나?"

"아, 네… 사실 감옥을 가진 세가를 처음 보는 것이라…….'

운현의 말에 팽우영이 웃으며 말했다.

"그렇지. 아마 하북팽가가 최초일 것이다. 흐음. 말하긴 부끄러운 이야기지만, 팽가는 호전적이고 용맹한 만큼 우둔하고 어리석은 자들이 이따금씩 나타나기도 한단다."

그의 말에 운현과 화설이 조용히 고개를 끄덕였다.

"그들이 세가에 위협을 가져온다면 우리로선 할 수 없이 격리시킬 수밖에 없단다. 물론 다른 문파들처럼 파문할 수도 있겠지. 그러기 위해선 파문하는 자의 단전을 폐(廢)해야 하고, 사지의 근육을 끊어놔야 하는데… 무인이 무공을 잃는 것은 목숨을 잃는 것과 진배없지. 그리하여 하는 수 없이 감옥을 지어 그들이 반성할 기회를 주는 것이란다."

팽우영의 말에 운현이 고개를 끄덕이며 답했다.

"확실히 교화될 수만 있다면, 파문하는 것보다 훨씬 나은 방법이 되겠군요."

"그렇지."

그들의 대화를 듣던 화설이 팽우영을 보며 손을 들었다. 마치 학당에서 손을 들고 질문하는 듯한 화설의 귀여운 모습에 팽우영이 미소지으며 그녀를 바라보았다.

"저, 그러면 지금도 지하감옥에는 하북팽가의 무인들이… 있나요?"

"그래. 아직 있단다."

화설은 이런 것들이 충격적인지 고개를 끄덕이면서도 눈에는 혼란이 가득해 보였다.

이후 몇 가지의 대화를 나눈 운현과 화설은 팽우영의 안내를 받으며 천소단원이 머무는 건물로 돌아왔다.

"하북팽가의 가주라 해서 조금은 거칠 거라고 생각했는데, 생각과는 많이 다르시네요."

화설의 말에 운현이 동감하며 고개를 끄덕였다.

"응. 그러게."

확실히 운현도 자신이 생각하던 모습과는 전혀 다른 부드러운 인상의 팽우영에 조금 혼란스러웠다.

하북팽가로 오기 전 겪었던 불안함은 지금 와서 생각해 보니 매우 어리석게 느껴졌다.

'헛된 불안감이었나…….'

팽가의 가주를 만난 후 어느 정도 불안감을 씻은 운현은 편안히 마음을 먹기로 했다.

아식 양소걸이 말했던 행상 마차와 수레에 실려 있던 상자들의 정체를 알아내지 못했지만, 괜한 불안감을 가질 필요가 없음을 느꼈기 때문이다.

품속에서 만져지는 신호탄의 차가운 감촉을 느끼며 운현이 작게 중얼거렸다.

"쓸 일이 없어야 할 텐데……."

해가 지고, 달이 떠올랐다.

자리에 누운 운현은 쉽사리 오지 않는 잠을 억지로 불러오지 않으려 자리에서 일어섰다.

이상하게 팽우영을 만난 뒤 불안감은 많이 가셨지만, 잠이 오지 않았다.

불안감을 씻어내자 이번엔 답답함이 운현의 가슴을 짓눌렀다.

가슴에 뭔가가 누르는 듯한 답답함에 숙소에서 나온 운현이 연무장에 서서 검을 뽑아냈다. 수련을 통해 땀을 흘려 답답함과 함께 씻어내기 위해서였다.

스윽— 부웅!

유려하게 뿜어지는 푸른색의 검기와 그 위에서 춤을 추듯 허공을 가르는 검. 그 중심에는 운현이 존재했다.

청월유성검법의 검법이 한단계, 한초식씩 발현되어 가면서 푸른빛의 검기가 연무장을 수놓았다.

탁—!

검무를 추며 물 흐르듯 자연스럽게 초식을 연계하던 운현의 몸이 멈추었다.

귀를 자극하는 작은 소리 때문이다. 운현이 소리가 난 쪽으로 시선을 돌리자 작은 신형이 재빨리 건물 뒤로 숨는 것이 보였다.

"하아… 하아!"

작은 신형이 숨을 몰아쉬며 다시 살며시 고개를 내밀었다.

'혹시 날 봤을까?'

불안했지만, 다행히 자신을 발견하지 못한 듯 검을 든 사내가 다시 검무를 추자 작은 신형은 눈을 반짝이며 그를 바라봤다.

'머… 멋있다…….'

작은 신형을 가진 남아의 눈에는 그의 모습이 너무도 아름답고 멋있었다.

그의 검에서 내뿜어지는 푸른 검기는 물론이요, 대기를 가르고, 대지를 부술 듯이 휘둘러지면서도 절도가 담겨 있는 그의 동작을 보고 있으면 자신도 모르게 작은 탄성을 자아내기도 했다.

그런데 검무를 추던 사내가 검을 휘두르며 남아가 숨어 있는 건물의 모퉁이와 점점 가까워지기 시작했다.

그때 검을 휘두르던 사내의 눈이 남아가 숨어 있는 곳을 향했다.

"흡!"

급히 몸을 숨긴 남아는 숨을 작게 내쉬며 신형을 낮추고 살며시 고개를 내밀었다.

그런데 사내의 모습이 보이질 않았다. 감쪽같이 사라지자 남아가 눈을 이리저리 굴리며 사내를 찾았다.

"어디 간 거지?"

"너는 누구니?"

"으악!"

벌러덩 나자빠지는 남자아이를 보며 운현이 부드럽게 미소지으며 다가갔다.

그러자 남아가 급히 뒷걸음질했다. 운현이 자리에 우뚝 멈추었다.

"괜찮아. 널 어찌할 생각은 없단다."

"누, 누구세요?"

"나는 무림맹의 천소단원이자 청성파의 무인 운현이란다. 너는 누구니?"

"아… 청성파… 무림맹의 무인!"

반짝이며 말하는 남아의 모습에 운현이 살며시 웃으며 다가갔다.

"너는 누구니?"

부드러운 미소를 지으며 물어오는 운현에 남자아이는 잠시 망설이다가 자그마한 입을 오물거렸다.

"팽유성… 팽도천의 아들 팽유성이에요."

"팽도천… 혹시 광풍도(狂風刀) 팽도천 어르신을 말하는 거니?"

"네! 맞아요!"

자랑스럽게 답하자 운현이 팽유성의 머리를 조심히 쓰다듬으며 말했다.

"우와. 대단한 분의 아들이구나."

운현의 말에 팽유성의 표정이 급격히 어두워졌다.

그러더니 이내 동그랗고 커다란 눈에 눈물이 맺혔다.

"이, 이젠 대단하지 않아요…….."

"응? 어째서?"

"아버지는 감옥에 갇히셨어요."

팽유성의 말에 운현이 놀라 그를 바라봤다.

광풍도(狂風刀) 팽도천. 고작 도 한자루를 들고 수많은 마인들을 벤 자. 정사대전에서도 패도적인 도법으로 마두들을 학살하여 '광풍도'라는 별호를 얻고 많은 명성을 떨친 자였다. 그런 이가 감옥에 갇히다니? 이해할 수 없는 일이었다.

"어째서? 팽도천 어르신은 무림의 영웅 중 한분이신데 왜 감옥에 갇히신 거니?"

"모르겠어요. 사람들의 말로는 폐관수련 중에 주화입마에 빠져, 정신이 온전치 못해 할 수 없이 감옥에 격리시켜 두었다고 해요. 그냥 두면 사람들이 위험하다고…….."

그의 말에 운현이 인상을 굳혔다.

팽유성의 말대로 초절정에 이른 팽도천이 정신이 나가 아무렇게나 도를 휘두른다면 수많은 무인들과 사람들이 목숨을 잃을 게 자명했다. 게다가 무림의 영웅이라 불리는 팽도천이 미쳤다면? 그 말이 새어나가면 하북팽가에 커다란 불명예가 남을 것이 분명했다.

"하지만 초절정에 이르는 분이 수련 중에 주화입마에 빠지셨다니, 말이 안 되잖아?"

운현의 의아함은 바로 그것이다. 초절정에 이른 자가 수련 중에 주화입마에 빠진다니, 믿기지 않는 일이었다.

그 정도 수준의 무인이라면 심마에 빠질 일도 없을뿐더러, 누군가 고의로 운기조식을 방해하지 않는 이상 주화입마에 빠질 일이 없었다.

"하지만 사람들이 그랬어요. 아버지가… 본 세가가 피에 물들었다며 피를 몰아내야 한다고… 혈세(血勢)를 몰아내야 한다며 가주님과 팽가의 무인들을 공격하려 했다고…….."

울먹거리며 말하는 팽유성에 운현이 머리를 쓰다듬던 손길을 멈추었다. 급히 팽유성의 어깨를 잡으며 물었다.

"뭐라고? 다시 말해봐. 아버지가 뭐라 하셨다고?"

"아버지가 혈세를 몰아내야 한다고… 그래서 흑!"

아마도 팽도천은 하북팽가에 불어닥친 혈세를 몰아내야 한다며 팽가의 무인들을 설득하려 들었을 것이다.

이 과정에서 폭력사태가 벌어졌을 수도 있었다.

이를 본 이들은 폐관수련을 하던 팽도천이 주화입마에
빠진 후 미쳤다고 생각했을 것이다.

다짜고짜 피를, 혈세를 몰아내야 한다며 무인들을 공격
했으니 그럴 만도 했다.

하지만 운현은 달랐다.

'혈세(血勢)!'

이 단어가 무엇을 뜻하는지를 말이다.

간신히 몰아냈던 불안감이 다시금 운현의 마음속에서 고
개를 들어올렸다.

하북팽가(河北彭家)

낯선 환경이 불안했는지 동그란 눈을 바쁘게 이리저리 굴리는 팽유성을 안쓰럽게 지켜보던 화설이 운현을 향해 시선을 돌렸다.

"이 아이가 팽도천 어르신의 아들?"

화설의 물음에 운현이 고개를 끄덕였다. 그러면서 불안해 보이는 팽유성의 머리를 손으로 부드럽게 쓸어내렸다.

운현의 따스하고 부드러운 손길 덕분에 불안감을 조금이나마 떨쳐냈는지 불안하게 떨리던 팽유성의 눈동자가 진정되어갔다.

"어머니는 어디 계시니?"

화설의 뒤에 앉아 있던 모용현이 조심스럽게 물었다. 팽유성이 울상을 지으며 고개를 숙였다.

그러자 운현이 급히 모용현을 보며 고개를 저었다.

운현의 행동이 무엇을 뜻하는지 알아차린 모용현이 미안한 마음에 팽유성을 보며 급히 말했다.

"미안해. 난 그런 줄도 모르고……."

"그런데 팽도천님이 주화입마에 빠지셨다고?"

약간 격양된 듯한 남궁청의 목소리에 운현이 작게 고개를 끄덕였다. 남궁청 역시 믿기지 않는 듯한 모습이었다.

초절정의 무인인 팽도천이 절정의 무인도 경우가 없는 주화입마에 빠졌다는 건 쉽게 믿을 수 있는 일이 아니었다. 누군가 의도적으로 운기조식을 방해하거나 강력하고도 극심한 심마에 빠지지 않는 한 매우 드물었다.

하물며 천고의 깨달음을 얻어 초절정에 이른 팽도천과 같은 고수라면 말할 것도 없었다.

"유성이는 형이랑 같이 놀까?"

자칫 이야기가 심각해질 수 있었기에 화설중이 팽유성의 손을 잡고 일어섰다.

팽도천의 사건 이후 낯가림이 심해진 팽유성이지만, 쾌활하고 활기찬 화설중의 모습에 경계심을 어느 정도 누그러뜨리며 그의 손을 잡고 일어섰다.

"저도 같이 가요."

모용현이 일어서 화설중과 함께 팽유성을 데리고 자리를

피했다.

자칫 예민해질 수 있는 대화가 오갈 수 있는 상황에서, 화설중과 모용현이 팽유성을 데리고 자리를 피하자 남궁청이 기다렸다는 듯 운현을 향해 물었다.

"팽도천 어르신은 무림의 영웅이자, 중원에서도 손에 꼽히는 초절정의 무인이신데 그의 변고가 어째서 알려지지 않은 거지?"

무림인이 아니더라도 하북의 광풍도 팽도천이라는 석자는 알고 있을 정도로 그의 위명은 드높았다.

하지만 그에게 내려진 재앙이 왜 세상에 알려지지 않은 건지, 이해할 수 없는 남궁청의 물음에 운현이 조심스레 말했다.

"팽도천 어르신은 무림의 영웅이자, 초절정의 무인이셔. 그런 분이 주화입마에 빠져 미쳤다고 하면 누가 믿겠어. 명성이 자자하신 분인데 그런 일에 처하셨다고 알려지면 하북팽가의 입장에서도 좋지 않은게 분명하니… 아마 내부에서 팽도천님의 변고를 감췄을 가능성이 크네."

"감춘다고? 어떻게 이런 일을 숨긴단 말이야?!"

남궁청이 격분한 듯 말했다. 화설이 그의 팔에 살며시 손을 얹었다. 화설의 손길에 남궁청이 그녀를 보았다. 화설이 고개를 저으며 말했다.

"하북팽가예요."

하북팽가라는 말에 남궁청이 속을 삭히며 진정했다.

이곳, 그들이 머무는 곳은 하북팽가다. 외부에 알리지 않은 사실을 알았다고 하면, 하북팽가 입장에서 달갑지 않을 것이다. 치부를 알아버린 셈이니 말이다. 그러니 화설이 남궁청을 진정시킨 것이다.

"하… 그래서 지하감옥에 팽도천 어르신이 갇혀 있다고?"

"그런 것 같아. 주화입마를 치료할 방법은 없으니까."

내부에서 시작된 붕괴. 주화입마는 몸속에서 터지는 화약과도 같았다. 내력의 흐름을 온전치 못하게 만들고, 통로인 기혈을 막는다. 내공을 이용해 몸을 보전하고 무공을 펼치는 무인의 입장에서는 최악의 상황이다.

게다가 온전치 못한 내공의 흐름은 기혈을 타고 머릿속을 헤집어놔 정신을 고르지 못하게 만든다.

그래서 주화입마에 빠진 자는 제정신을 잃고 미치게 되는 것이다.

"하지만……."

운현은 들려오는 다급한 발걸음에 입을 다물었다.

곧 운현과 남궁청, 화설이 있는 숙소의 앞에서 중년 남성의 목소리가 들렸다.

"혹시 안에 계십니까?"

중년 남성의 목소리에 화설이 일어나 문을 열어주었다. 문이 열리고 나타난 이는 팽가 특유의 무복을 입은 무인이었다.

"쉬고 계신데 죄송합니다."

"아닙니다."

팽가 무인의 조심스러운 말에 운현이 고개를 저으며 일어나 그를 맞이했다. 들어온 그는 운현 등을 보며 말했다.

"하북팽가의 무인 팽철이라 합니다."

"청성파의 운현입니다."

"남궁세가의 남궁청입니다."

팽철의 소개에 운현과 남궁청이 포권을 하며 인사를 건넸다.

운현의 소개를 들은 팽철의 눈에 이채가 감돌았다.

하북팽가의 무인인 팽철이 알아볼 만큼 운현은 꽤나 이름 있는 후기지수 중 하나였다.

실력도 실력이었지만, 검신 송월의 제자라는 것이 한몫 단단히 했음은 부정할 수 없었다.

"화산파의 화설입니다."

각자의 소개가 끝이 나자 팽철이 운현을 보며 물었다.

"죄송하지만 10살 전후의 남아를 보신 적이 있으신지 물어보기 위해 왔습니다."

팽철의 말에 운현은 그가 찾는 자가 팽유성임을 단박에 알아차렸다. 운현은 고개를 끄덕이며 말했다.

"유성이를 찾으시는군요."

"아, 맞습니다. 혹시 만나셨습니까?"

"네. 지금 안쪽 방에 있습니다."

"감사합니다. 제가 유성이를 데려가도 되겠습니까?"

"물론이죠."

운현의 안내로 팽철이 안쪽 방으로 들어가 팽유성을 데리고 나왔다.

팽철의 손에 이끌려 나온 팽유성의 표정이 굳어 있었다. 운현 일행과 헤어지는 것이 아쉬운 건지 아니면 팽철과 함께 가는 것이 싫은 것인지는 알 수가 없었다.

팽유성을 밖으로 내보낸 팽철이 고개를 숙였다.

"아, 유성이를 보살펴주셔서 감사합니다."

"아닙니다. 저희도 유성이 덕분에 즐거웠는걸요."

모용현이 미소지으며 말했다. 팽철이 마주 미소지으며 고개를 끄덕이고는 숙소의 문으로 향했다.

밖으로 나가려던 팽철이 멈추더니 고개를 돌려 운현을 바라보았다.

"혹시, 유성이가 무슨 말을 하진 않았는지요?"

"무엇을 말씀하시는지는 모르겠으나, 유성이가 낯가림이 심해 말을 잘하지 않더군요."

"아, 그렇군요. 그럼 이만 가보겠습니다. 그럼 남은 무인 수행 기간 중에도 편히 쉬십시오."

"감사합니다."

인사를 마친 팽철이 숙소의 문을 닫고 사라졌다.

둘이 사라진 걸 확인한 운현이 자리에 돌아와 앉았다.

그때, 남궁청이 운현을 마주 보고 앉으며 짐짓 진지한 목소리로 물었다.

"뭔가, 우리가 모르는 걸 알고 있는 거지?"

진지한 남궁청의 목소리에 운현이 쉽게 답하지 못하고 머뭇거렸다. 화설중이 운현의 옆자리에 앉으며 남궁청과 달리 가벼운 목소리로 말했다.

"뭐야. 우리에게 숨기는 게 있단 말인가?"

가벼운 목소리. 그러나 그 속에 담긴 뜻은 전혀 가볍지 않았다. 그건 다른 이들도 마찬가지인 듯 운현의 주위로 화설과 모용현이 둘러앉아 그를 바라봤다.

자신을 바라보는 네명의 시선을 느끼면서도 운현은 감히 입을 열지 못했다.

'이들에게 어디까지 말을 해줘야 하는 걸까…….'

운현은 혼란스러웠다. 자신의 행동과 말이 이들의 미래를 어떻게 바꿀지 상상이 가지 않았다. 분명한 건 그 미래가 마냥 행복하진 않을 거라는 것이다.

"운현."

진지하고 무겁게 느껴지는 목소리에 운현이 남궁청을 바라봤다. 남궁청이 운현을 보며 다시 입을 열었다.

"자네가 말하지 못하는 이유는, 숨기는 것을 말해주면 우리가 위험해지기 때문이겠지?"

정곡을 찌르는 말에 운현의 얼굴이 굳어졌다. 그 모습에 남궁청이 말을 이었다.

"말하기 싫으면 하지 않아도 돼. 하지만 그건 알아둬. 자네가 우리를 아끼는 만큼 우리도 자네를 아낀다는 사실을. 혼자 모든걸 안고 있다가 자네가 잘못되기라도 한다면… 아무것도 몰랐던 우리가 받을 고통과 후회를 자네는 생각해야 할 거야."

남궁청을 똑바로 보지 못하고 바닥을 보던 운현이 고개를 서서히 들었다. 그리고 천천히 입을 열었다.

"미안하네."

그의 말에 화설중과 남궁청, 모용현과 화설이 고개를 숙였다. 그때, 운현의 입이 다시 열렸다.

"내가 지금부터 하는 얘기는 오로지 자네들만 알아야 하며, 이 이야기를 듣는 순간부터……."

고개를 들어 벗들을 보던 운현이 조심스레 말했다.

"절대 다시는 예전으로 돌아가지 못할 걸세. 불안과 걱정을 안고 살아야 하며, 자네들이 알고 있는 모든 것들을 의심해야 할 거야."

"알고 있어."

화설중이 당연하다는 듯 말했다. 말한 것은 화설중이지만, 모두 그와 뜻이 같아 보였다. 그러자 쉽게 떨어지지 않던 입술을 열어 운현이 말했다.

"시작을 어디부터 해야 좋을까. 그래… 이십년 전 정사대전의 실체부터 이야기해줄게. 정사대전이 발발하게 된 진짜 이유는……."

천천히 시작된 이야기가 점점 빠르게 진행되었다. 이야

기를 듣는 동안 남궁청과 화설중, 화설 그리고 모용현의 얼굴이 점점 굳어지고, 경악으로 바뀌어갔다.

"그럼 팽도천 어르신이 말한 혈세라는 것이……."

이야기가 모두 끝난 후 화설이 조심스레 운현을 향해 물었다. 그러자 운현이 작게 고개를 끄덕였다.

"그래. 혈교… 어쩌면 그곳과 관련이 있는 거야. 아직 추측일 뿐이지만. 만약 팽도천님이 하북팽가에 스며든 혈교의 존재를 알아차렸고, 이를 막으려 했다면… 먼저 움직인 혈교가 팽도천님을 주화입마에 빠져 헛소리를 하는 미친 자로 치부하여 감옥에 가두었다면……."

운현의 말에 모용현의 얼굴이 창백해졌다.

과거 중원을 장악하려 했던 혈교라는 단체가 다시 부활하여 현재 하북팽가에 잔가지를 뻗어 세를 불리고 있다는 소리였다. 팽도천이 우연히 이 사실을 알아차렸고, 하북팽가를 지키기 위해 몰아내려 했지만 혈교가 한걸음 먼저 움직여 그를 봉해버렸다는 이야기였다.

"하지만 팽도천님은 초절정의 무인이야. 제아무리 혈교라도 그를 사로잡는 것은 불가능해. 게다가 아무런 소란도 없이……."

화설중의 말에 운현이 고개를 끄덕이며 말했다.

"맞아. 아무 소란 없이 무림맹 그리고 개방에서도 알아차리지 못하는 순간에 팽도천님을 제압할 순 없었겠지. 팽

도천님을 봉한게 혈교였다면 말이야… 하지만 혈교가 한
게 아니라면?"

"그 말은… 하북팽가에서?"

화설의 말에 운현이 굳어진 얼굴로 천천히 고개를 끄덕
였다.

"하북팽가에 있던 팽도천님을 아무 소란 없이 혈교가 제
압할 수 있는 방법은 없어. 게다가 그가 갇힌 곳은 하북팽
가의 감옥이야. 그를 아무 소란 없이, 아무 피해 없이 감
옥에 가두려면 이를 행할 수 있는 곳은 오직 하북팽가뿐이
야. 게다가 만약 혈교가 직접 개입한 짓이라면 하북팽가가
가만있지 않았겠지."

비록 추측이었지만 그들은 운현의 말에 틀림이 없음을
알고 있었다. 초절정의 무인 팽도천을 잡아 감옥에 가둔
것이 혈교일 수 없었다.

그렇다면 남은 곳은 단 하나, 바로 하북팽가뿐이다.

"최악이군. 그래서 어쩔 생각이야?"

남궁청의 물음에 운현이 작게 숨을 내쉬며 말했다.

"제일 좋은 방법은 감옥에 갇혀 있는 팽도천님을 만나 얘
기해보는 거야."

"하지만 오후에 보셨잖아요. 감옥의 경계가 얼마나 삼엄
한지?"

함께 감옥의 바로 앞까지 갔던 화설의 말에 운현이 주먹
을 말아 쥐었다. 화설의 말대로 그것이 문제였다. 감옥으

로 들어갈 방법이 없었다.

게다가 문제는 하나가 더 있었다.

"만약 감옥으로 들어가려면 오늘 혹은 늦어도 내일 안에는 들어가야 해."

"어째서?"

모용현의 물음에 운현이 그녀를 보며 말했다.

"우리가 유성이를 만난 사실을 하북팽가에서 알았을 거야. 비록 유성이가 우리에게 팽도천님에 대한 이야기를 했다는 말을 하진 않았지만, 믿지 않을 테고."

"우리가 팽도천님의 사건을 알고 있을 거라 어느 정도 의심을 품고 있겠네요?"

"응. 일단 오늘은 너무 늦었고 정보가 없으니, 내일 최대한 정보를 모으는 수밖에."

운현의 말에 화설중과 나머지 일행이 고개를 끄덕였다.

하지만 뜻밖의 일은 다음 날 오전에 일어났다.

"무슨 일이야? 갑자기 하북팽가의 가주이신 팽우영님이 천소단원을 불렀다는 게?"

"글쎄, 팽 가주님이 천소단원들에게 가르침을 내리신다더군."

들려오는 천소단원들의 목소리에 화설이 운현을 바라봤다. 운현 역시 화설과 나머지 일행을 돌아보았다. 그들의 표정이 굳어 있었다.

이후 그들은 천소단원들이 향하는 곳을 따라 하북팽가에서도 두번째로 큰 규모를 자랑하는 운곤연무장에 모였다. 천소단원이 모두 모이자 팽우영이 우람한 신형을 드러냈다.

"무림맹의 훌륭한 후기지수들이 모두 모인 천소단의 자랑스러운 천소단원들이 이곳에 모였군."

나직하면서도 강직하고, 진중하며 용맹스러운 팽우영의 목소리가 연무장을 울렸다.

가히 구파일방의 한곳인 하북팽가의 가주다웠다.

천소단원을 돌아보던 팽우영은 입을 열었다.

"내가 오늘 자네들의 앞에 선 것은 무림의 후배라 할 수 있는 천소단원들을 위한 가르침을 내리기 위해서일세."

"네!"

그의 말에 천소단원이 우렁찬 목소리로 답했다.

하북팽가에서도 단연 일등으로 꼽히는 초절정의 무인이자, 하북의 패자. 팽우영이 내리는 가르침을 거부하거나 싫어할 무인은 천소단에 없었기에 그들의 목소리에는 활기와 열정이 가득했다.

"그럼 준비되었다면 따라오도록."

팽우영이 이끌고 천소단원이 따라 이동했다.

그 무리에 속한 운현 일행은 조용히 따랐다.

"무슨 일이죠?"

화설의 물음에 운현이 고개를 저으며 말했다.

"글쎄, 나도 모르겠어."

이유를 알 수 없는 팽우영의 행동. 그러나 팽우영이 천소

단원을 데리고 가는 곳에 다다를수록 운현 일행의 얼굴이 점점 굳어졌다. 특히 운현의 얼굴은 굳어지다 못해 찌푸려졌다.

'역시. 유성이가 나한테 말하지 않았다는 걸 믿지 않았구나.'

운현의 눈이 매섭게 빛을 내며 팽우영을 향했다.

팽우영이 천소단원을 데리고 향한 곳은 바로 하북팽가의 지하동, 지하감옥이 있는 곳이었다.

경비병을 물린 팽우영이 천소단원 앞에 멈추며 말했다.

"이곳은 하북팽가의 지하감옥일세. 우리 하북팽가는 용맹하고, 호전적이며 싸움을 두려워하지 않는 용맹한 무인들이 많이 있네. 하지만 아쉽게도 그런 성질을 타고났기 때문인지 이따금씩 세가에 분란을 일으키는 자들이 생겨나곤 하지."

어쩌면 자신의 세가에 치부가 될 수도 있는 부분을 거침없이 토해내던 팽우영. 천소단원을 쭈욱 둘러보다 운현을 발견하곤 그에게 시선을 두며 말했다.

"혹시 자네들 중에 팽도천을 모르는 이가 있나?"

"없습니다."

광풍도 팽도천. 무림인이라면 모르는 이가 없었다.

우렁찬 천소단원의 대답에 팽우영이 미소지으며 운현에게 물었다.

"운현, 자네는 팽도천이란 무인을 어떻게 생각하나?"

갑작스러운 팽우영의 물음. 운현은 당황하지 않고 답했다.

"하북팽가의 초절정 무인이자, 정사대전에 혁혁한 공을 세운 분입니다. 마치 광풍을 연상케 하는 패도적인 도법으로 수많은 마두들을 쓰러뜨리신 무인 중의 무인이십니다."

당황치 않고 진중하게 답한 운현에 팽우영이 미소를 띠며 말했다.

"그래. 자네의 말이 맞네. 팽도천은 나의 동생이지만, 내가 보아도 훌륭하고 강인한 무인이었지… 헌데 지금 팽도천은 바로 이곳, 지하감옥에 수감되어 있네."

"수… 수감?!"

팽우영의 돌발발언에 천소단원이 놀라 웅성댔다.

무림의 영웅이 전혀 어울리지 않는 지하감옥에 수감되어 있다니, 믿기지 않는 말이었다.

웅성거리는 천소단원을 잠시 보던 팽우영이 손을 들어올렸다. 그의 행동에 천소단원들의 웅성거림이 멈추었다.

"그래. 그리고 지금 자네들을 그의 앞으로 데려가려 하네."

슥—

소맷자락을 붙잡는 손길에 화설중이 고개를 돌려보니 화설이 있었다.

불안한 눈빛, 그녀의 눈동자가 떨렸다.

그녀답지 않게 불안에 떠는 화설의 어깨에 손을 얹으며 살며시 품으로 끌어당겼다.

모용현 역시 살짝 창백해진 얼굴을 하고 있었다. 남궁청

은 인상을 굳힌 채 운현을 바라봤다.

이들 모두의 모습을 본 운현이 입술을 깨물었다.

후회되었다. 이들에게 혈교와 과거의 이야기를 해주지 않았다면, 현재 하북팽가의 상황에 대해 말하지 않았다면, 저들이 이렇게 불안해하고 걱정하지 않았을 텐데.

그때, 남궁청이 운현에게 다가오며 말을 건넸다.

"자네가 무슨 생각하는지 알아. 하지만 그럴 필요 없어."

"청……."

"아직 확실한 건 아무것도 없지 않나. 지금 하는 후회와 걱정은 나중에 해도 돼. 지금은 모두 불안해하고 걱정하고 있네. 어쩔 수 없어. 처음 겪는 상황이니까. 하지만 우린 이겨낼 거야. 자네가 그랬듯이."

언제나 힘이 되어주는 남궁청의 말에 운현이 고개를 끄덕였다. 확실히 남궁청의 말은 위로가 되었다.

"자네가 얼마나 큰 짐을 짊어지려 했는지 알겠어. 진즉에 말했으면 좋았잖아?"

"미안해."

"됐어. 지금은… 저곳에 집중하자고."

"응."

팽우영을 따라 내려간 지하감옥은 의외로 그 규모가 상당했다. 하지만 지하감옥에 존재하는 수많은 철창 속에는 아무도 없었다.

물론 없는 것이 좋은 상황이지만 운현은 흉흉하고 썰렁

한 감옥 안이 불안하게 느껴졌다.

어느 정도 걸었을까. 동굴의 벽에 붙어 있는 등불에 의존하여 걷기를 일식경. 거대한 두께 철문이 모습을 드러냈다. 천소단원들은 본능적으로 이 철문 너머에 팽도천이 있음을 느꼈다.

"자. 그럼 너무 놀라지도, 흥분하지도 말게. 큰소리를 내서도 안 될 게야."

팽우영의 경고와 함께 철문이 서서히 열렸다.

어둠 속 철문 너머로 언뜻 비추는 엄청난 두께의 철창. 그리고…….

\* \* \*

무연이 제자리에 멈춰 서자 뒤따라오던 한소진도 자리에 멈추었다. 헐떡이던 한소진이 겨우 숨을 삼키며 무연을 향해 말했다.

"보고하지 않았으니 곧 무림맹이 쫓을 거야."

"알아."

알고 있다는 무연의 말에 한소진이 약간 놀란 듯 눈을 살짝 크게 떴다.

"설마 일부러?"

"아마 용천단이 우리를 쫓을 거야. 도원과 광암의 성격상, 그들이 직접 나를 잡으러 오겠지. 용천을 위해서."

"용천단이 쫓게 하기 위해 일부러 보고도 없이 독단적으로 나온 거라고?"

무연이 고개를 끄덕였다.

"그렇게 하면 용천단은 탈맹 무인을 잡기 위해 하북팽가로 향한 것이 되니까."

"잡히면 징계를 당하게 될거야. 너도, 나도."

그녀의 말에 무연이 고개를 돌려 한소진을 바라봤다.

"너는 왜 날 따라온 거지?"

같이 달리기 시작한지 사흘이 지났다. 무연은 이 질문을 첫째 날이 아닌 사흘이 지난 지금 했다.

"빨리도 물어보는군."

한소진의 말에 무연이 어깨를 으쓱해 보였다.

"너와 할 얘기가 있어. 그것 때문에 무림맹에 들어와 용천단이 될 때까지 너와 함께 있었던 거야."

사뭇 진지한 한소진의 말에 무연이 다가갔다.

이윽고 한소진의 바로 앞으로 다가온 무연.

바로 앞에 있는 무연을 향해 한소진이 입을 열었다.

"나를 도와줘."

다짜고짜 도와달라는 한소진의 말에 무연이 고개를 끄덕였다.

"그래."

너무도 쉽게 답하는 무연에 한소진이 되레 인상을 굳히며 말했다.

"무슨 내용인지도 안 듣고?"

"송월이 너를 내게 보냈겠지?"

"그걸……."

"청해에서 무림맹으로 가던 중 너를 봤다. 역시 송월에게 갔던 건가?"

한소진은 그제야 운현과 무연을 마주쳤던 걸 깨달았다.

그녀가 청해에서 송월이 있는 곳으로 향하던 중 마주쳤던 두명의 사내. 그 둘이 무연과 운현이었던 것이다.

하지만 그녀는 죽립을 쓰고 있기에 둘의 얼굴을 제대로 보지 못했다. 무연은 그녀를 보았던 것이다.

"송월이 보냈다면 널 도와줘도 된다는 말이겠지. 자세한 건 하북팽가의 일이 끝나면 듣도록 하지."

다시 발걸음을 옮기는 무연에 한소진이 따라 걸었다.

그녀의 눈은 새삼스레 무연을 바라보았다.

'알 수 없는 자다…….'

도무지 예상이 되지 않았다. 끝이 보이지 않는 무연의 모습에 한소진이 주먹을 불끈 쥐며 뒤를 따랐다.

'어쩌면…….'

사라져가던 그녀의 희망에 조금의 빛이 보이기 시작했다.

등잔 밑

"아⋯⋯."

천소단원들이 마주한 것은 앙상한 두다리, 뼈밖에 보이지 않는 상체, 비쩍 마른 두팔, 산발이 되어 몇 달동안 깎지 않은 듯한 머리카락 그리고 그 안에서 언뜻 비추는 흉흉한 눈빛이었다.

그 남자는 손가락 하나하나, 발가락 하나하나, 관절의 모든 부분이 강철로 만들어진 특수한 수갑으로 인해 묶여 있었다. 성인 손목 크기의 쇠사슬이 그것을 잡아두고 있었다.

사지가 결박당해 손가락 하나 움직일 수 없는 사내.

꽤 먼 거리에 있음에도 무인들은 그의 모습을 볼 수 있었다.

"저자가… 내 동생이자, 한때 무림의 영웅이라 불리던 팽도천이다."

"아…….."

믿기지 않는 영웅의 추락에 눈을 감고 외면하는 이가 있었다. 믿기지 않는 듯한 눈으로 보는 이들도 있었다.

"팽도천, 내 말 들리는가?"

"…패… 팽우영……."

거친 쇳소리와 함께, 팽도천의 목소리가 들려왔다.

"그래. 나일세. 팽우영."

"…패… 팽우영… 팽우영! 이 개 같은 자식!"

온몸이 결박당해 가죽밖에 남지 않은, 아무런 생기조차 없는 몸에 무슨 힘이 있었는지 팽도천이 거칠게 소리 질렀다. 그의 목소리는 쇳소리로 가득했다. 마치 악귀가 실제 존재한다면 이런 목소리를 가졌으리라.

거칠고 걸걸하며, 가래를 가득 머금은 듯한 목소리가 지하감옥을 울렸다.

"내 너를 찢어 죽이리라! 네 목을 비틀고! 네 가족들을 모조리 죽일 테다!"

원망과 분노, 살기만 가득한 비탄의 목소리가 지하감옥을 울렸다.

그를 처연하게 바라보던 팽우영이 잠시 뒤 천소단원들을

이끌고 팽도천이 있는 감옥을 빠져나왔다.

그때까지도 팽도천은 팽우영을 향해 저주와 비난 그리고 살의에 가득 찬 목소리를 토해냈다.

운현은 마지막에 빠져나오면서 팽도천을 바라봤다.

사라져가는 팽우영을 보며 피 토하듯 외쳐대는 팽도천의 모습에서 팽유성이 생각났다.

마지막으로 떠나며 운현이 팽도천을 향해 포권지례를 하며 정중히 고개를 숙였다.

그러자 팽도천의 외침이 멈추고, 운현을 부릅뜬 눈으로 바라봤다. 고개를 든 운현이 팽도천을 보고 입을 열었다.

목소리는 나오지 않았다.

하지만 운현의 입모양을 본 팽도천이 외쳤다.

"이 개 같은 놈! 감히 나를 우롱하는 것이냐! 이 찢어 죽일 놈아! 내가 너를 꼭 갈기갈기 찢어 죽이리라!"

팽도천의 말을 들은 운현이 신형을 돌려 감옥을 빠져나왔다. 지하감옥을 빠져나온 팽우영은 복잡한 눈을 한 천소단원들을 보며 천천히 입을 열었다.

"내가 어린 후배들에게 험한 것을 보여주었구나… 내가 왜 너희에게 팽도천의 타락한 모습을 보여주었는지 아느냐?"

천소단원들이 고개를 저었다. 왜 굳이 팽도천의 저런 모습을 보여줬는지 알지 못했다.

"내가 팽도천을 보여준 이유는 누구라도 무(武)에 있어서는 방심해선 안 된다는 것을 알려주기 위해서다. 팽도천은 너희도 알다시피 초절정의 무인. 깨달음이 천고에 달해 도달한 경지의 무인이었다. 하지만 한순간의 실수로 주화입마에 걸려 저리 미쳐버리고 말았지. 그가 느낄 수 있는 것은 분노와 살의뿐이요, 남은 것은 한줌의 힘도 남지 않은 텅 빈 껍데기와 마찬가지인 육체뿐이네."

팽우영의 가르침과 지하감옥으로의 견식이 끝나고, 숙소로 돌아온 운현 일행은 아무런 말도 없이 자신들만의 상념에 빠졌다. 그 기나긴 침묵을 깬것은 화설중이었다.

"팽우영의 의도… 너는 어떻게 생각해, 운현?"

화설중의 물음. 그가 뜻하는 바가 무엇인지 아는 운현이 입을 열었다.

"어차피 유성에 의해 밝혀진 팽도천의 상태와 상황을 우리가 퍼트리기 전에 미리 보여준 거겠지. 헛된 소문이 나거나, 과장된 소문이 퍼질 것을 우려하고."

"물론 그게 다는 아니겠지?"

남궁청의 물음.

"응. 팽도천이 정말로 미쳐 있다는 사실을 우리에게 보여주려 한 거겠지."

고개를 끄덕인 운현이 주위를 둘러보다 조용히 말했다.

"휴. 이럴 때 무연이 있었다면 어떻게 할지 조언이라도 구했을 텐데."

운현의 말에 모두가 고개를 끄덕였다. 그때 모용현이 궁금한지 물었다.

"하북팽가가 혈교와 어느 정도 관계가 있다는 사실을 알았다면 무 공자와 함께 오는 것이 더 낫지 않았나요?"

모용현의 물음에 운현이 고개를 저었다.

"무연은 용천단에 들어갔어. 함부로 움직일 만한 상황이 아닐뿐더러 광암님의 훈련을 받는 중이야. 훈련이 끝난 지 이제 사흘이 지났으니 아무리 빨리 와도 이틀이나 사흘은 더 걸릴 거야. 게다가 함부로 움직일 만한 상황도 아니니……."

운현의 말에 모두의 고개가 끄덕여졌다. 아쉬운 듯 모용현이 조용히 입을 열었다.

"그러게. 무 공자님이 있었다면 좀 더 일이 수월……."

드르륵―

모두가 아쉬운 마음에 서로를 바라볼 때 거칠게 숙소의 문이 열렸다. 인기척도 없이 등장한 한 사내에 놀란 운현이 숨을 내쉬며 말했다.

"휴, 놀랐잖아. 난 또 하북팽가의 무인이 엿듣고 있는 줄 알았어. 다행히 무연이었……."

말을 하던 운현은 뭔가 이상함을 깨닫고 말을 잇지 못했다. 어안이 벙벙한 채로 문을 열고 등장한 사내를 바라봤다. 나머지 인원들도 마찬가지였다. 모두가 멍한 표정으로 갑자기 등장한 사내를 바라봤다.

"여기 있었군."

"무연?!"

운현이 놀라 자리에서 일어서며 말했다.

"어떻게? 지금 무림맹에 있어야……."

"광암의 훈련이 끝난 뒤 양소걸을 만나 그의 말을 듣고 바로 이곳으로 왔다."

"하지만 훈련은 2주가 걸린다며?"

"그래. 2주 훈련을 마치고 왔다."

운현은 쉽사리 계산이 되지 않았다. 2주간의 훈련이 끝이 난 때가 지금으로부터 사흘 전이라는 말이다.

헌데, 무림맹에 있어야 할 무연이 훈련이 끝나고 하북팽가로 왔다는 말은 사흘만에 왔다는 말이었다.

"후우……."

작은 숨소리에 화설중이 뒤를 돌아보았다가 놀란 듯 남궁청의 어깨를 툭툭 쳤다.

"왜?"

남궁청이 궁금하여 바라보자, 화설중이 무연의 뒤를 가리켰다. 따라서 시선을 돌리자 그곳에는 숨을 작게 헐떡이는 적갈색 단발머리를 한 미모의 여인이 무연의 뒤에서 걸어 들어왔다.

"누구?"

여인을 발견한 운현이 물었다. 무연이 한소진을 보며 말했다.

"한소진. 같은 용천단원이다. 경계할 필요 없다."

"으응… 어쨌든 그럼 사흘만에 무림맹에서 하북팽가로 온거야?"

"그런 셈이지."

놀라는 운현의 앞에 서 있던 한소진은 자신 때문에 늦어져서 도착한 게 사흘만임을 차마 말하지 못했다.

"그래도 별일 없었나 보군."

"응. 하지만 말해줄 게 있어."

하북팽가에서 있었던 일을 들은 무연은 내내 표정의 변화 없이 고개를 끄덕였다. 팽도천의 이야기가 나왔을 때에도 무연은 무표정으로 일관했다.

의외로 놀라워하는 것은 한소진이었다. 놀란 한소진의 뒤로 무연이 운현을 향해 물었다.

"그래서 네가 봤을 때의 팽도천은 어떤 상태였지?"

"팽우영의 말대로 분노와 살의만이 가득했어. 주화입마에 빠진게 사실인 것처럼 온몸은 말라 비틀어져 있었고, 한줌의 기운도 느껴지지 않았어. 하지만…….'"

"하지만?"

"그에게 만약 혈교에 대해 알고 있다면, 있는 힘껏 나를 욕하라고 했어. 물론 입모양으로만 말했지."

"그랬더니?"

무연의 물음에 운현이 고개를 끄덕였다.

"그는 나를 욕하고 저주했어. 그리고 나와 눈을 마주했지. 그의 눈빛은 팽우영을 바라보던 것과는 달랐어. 간절함과… 도움을 원하는 눈을 하고 있었어."

이야기를 듣던 무연이 자리에 일어섰다. 그리고 운현을 향해 말했다.

"네가 판단해라. 운현. 네가 생각하기에 팽도천이 혈교의 음모로 갇힌 것인지 아니면 진짜로 주화입마에 빠진 것인지."

자신에게 모든 뜻을 맡긴 무연에 운현이 쉽사리 대답하지 못했다. 그의 결정이 어떤 무게를 지니는지 잘 알고 있기 때문이다. 운현을 향해 모두의 시선이 모였다.

"내가 생각하기엔……."

\* \* \*

"그래서 이 아이가 팽도천의 아들이라고?"

거대한 신형, 우람한 근육, 비단 도포를 입은 태산과도 같은 사내. 거산 장대웅.

그의 앞에 겁이 질린 채 앉아 있는 팽유성.

"그래. 팽도천의 아들 팽유성일세."

차를 홀짝이던 팽우영이 싸늘하게 답했다. 그의 말에 장대웅이 팽유성을 보며 말했다.

"아이야. 네 아버지가 보고 싶으냐?"

"네?"

장대웅의 물음에 팽유성이 처음에는 놀랐다가, 이내 고

98

개를 힘차게 끄덕였다.

"보, 보고 싶습니다."

"그래?"

간절하게 말하는 팽유성을 보며 장대웅이 비릿하게 미소 지었다.

"그렇담 그의 곁으로 보내주마."

팽가의 무인에 의해 감옥으로 끌려가는 팽유성을 보던 팽우영이 무미건조한 눈빛으로 장대웅을 바라봤다.

"운현이라고 청성파의 무인이 있는데, 그가 팽유성에게 팽도천에 관한 이야기를 들은 것 같아."

"그래서 팽도천을 천소단원들에게 보여준 거고?"

"그래. 괜한 소문으로 하북팽가에 시선이 끌리면 안 되니까. 지금도 무인수행 때문에 신경이 곤두선다. 대업이 얼마 안 남았거늘… 빌어먹을 맹주 새끼."

하북팽가 가주의 입에선 나올 만한 언행이 아니었지만, 장대웅은 신경 쓰지 않는듯 팔짱을 끼며 의자에 몸을 기댔다.

"운현이라, 어디서 들어본 적이 있는 이름이군… 흐음. 그래! 사혈문주가 죽었을 때 흑수 놈과 함께 있었던 놈이야… 괜히 거슬리는군. 송월의 제자라는 것도 거슬리는데."

"손은 대지마. 송월의 제자이니 대업을 완성하기 전까진 검신을 자극해선 안 돼."

"나도 알아. 그래서 준비는 잘되어가나?"

장대웅의 물음에 팽우영이 탁자에 놓인 지도를 바라봤다. 중원의 칠할을 차지하고 있는 무림맹. 그 거대한 위용을 보며 팽우영이 말했다.

"그래. 이제 정말 얼마 남지 않았어. 교주님은 뭐라 하시던가?"

"팽가는 혈겁의 시작점이 될 거라 하셨지. 그리고 혈천이 도래하면……."

장대웅이 눈매를 가늘게 뜨며 중원의 지도를 노려보았다.

"팽가가 그 선두에 설 것이네."

팽우영의 말에 장대웅이 잇몸을 드러내며 웃었다.

"하하하! 그래. 그럼 팽가는 중원 제일세가가 될걸세! 하하!"

* * *

"용천단의 부단주와 무인이 맹에서 도망쳤다라……."

남궁세정이 눈매를 가늘게 뜨며 말했다.

그의 앞에 선 흑의 정보원이 고개를 끄덕였다. 그리고 작게 입을 열었다.

"용천단주인 도원과 광암이 함께 둘을 쫓아 맹을 나섰다고 합니다."

"웃기게 돌아가는군. 어쩌면 용천단을 압박할 좋은 수단
이 되겠어……."

남궁세정이 자리를 박차고 일어났다. 전번에도 만났지
만, 혜정을 만나야 할 이유가 또 생겨버렸기 때문이다.

"맹주를 뵈러 가야겠군. 하하!"

*　　*　　*

늦은 밤, 검은 옷을 입은 신형 하나가 천소단원이 묵고
있는 숙소 건물의 지붕 위로 날아올랐다.

꽤 높이 날았다가 내려앉았지만, 소리는 전혀 들리지 않
았다. 그 뒤로 두명의 흑의인이 나타났다.

단발머리의 여인과 사내였다.

"한소진은 외곽을, 남궁청은 본당을, 나는 지하감옥으로
간다."

무연의 말에 한소진이 고개를 끄덕였다.

"어, 응……."

남궁청이 어색한 듯 대답했다.

무연과 마지막으로 헤어진 것이 하남이었다. 그 이후로
는 운현의 곁에서만 만났을 뿐 별다른 교류가 없었기에 어
색한 건 어쩔 수 없었다. 어색하게 답한 남궁청이 한소진
과 반대방향으로 몸을 날렸다.

한소진과 남궁청이 각각의 목적을 위해 사라지자 무연이

지하감옥으로 몸을 날렸다.

무연의 몸은 어둠과 동화된 듯 아무런 소리도 없었다.

어둠은 무연에게 아무런 방해도 되지 않았다. 그의 움직임은 바람과도 같았으며, 누군가의 그림자와도 같았다.

무연이 머리 바로 위로 지나가도 누구도 알아차리는 이가 없을 정도였다.

어느 정도 내달렸을까. 무연은 운현이 말한 지하감옥에 도착했다.

예상대로 경계가 삼엄했다.

천소단원이 다녀간 이후로 경비 무인의 수도 늘었는지 총 여섯명이 지키고 있었다. 이따금씩 작고 길쭉한 상자 여러개가 지하감옥으로 들어갔다.

길쭉한 상자가 오는 곳은 하북팽가 외곽에 위치한 거대한 창고였다. 이를 보던 무연이 몸을 날렸다.

"어서어서 움직여!"

상자들을 나르는 무인들을 보며 한 남자가 거칠게 외쳤다. 수염이 염소처럼 나 야비해 보였지만, 우락부락한 근육과 거친 눈매는 그가 하북팽가의 무인임을 증명이라도 해주는 듯했다.

"팽영준님. 오늘은 몇 개가 들어갑니까?"

작업을 담당하던 무인이 묻자 팽영준이 날카롭게 말했다.

"세개가 더 들어간다."

세개의 상자가 무인들에 의해 창고에서 빠져나가 지하감옥으로 향했다. 이를 보던 무연은 창고 안에서 나는 향냄새와 스산한 기운을 느꼈다. 창고의 문이 닫히며 불이 꺼지자 다시 몸을 날려 왔던 곳으로 되돌아갔다.

반시진 후.

흑의를 입은 한소진과 남궁청이 숙소로 돌아오고, 뒤이어 무연이 돌아왔다.

한소진과 남궁청은 품에서 먹으로 그린 하북팽가의 장원전도(全圖)를 꺼내 무연에게 건넸다. 무연이 운현 일행을 모두 한자리에 모아 전도를 넓게 펼쳤다.

"하북팽가의 입구와 출구는 같다. 무림세가의 장원이 가진 특징이지. 하지만 너희들의 문파나 세가와도 마찬가지겠지만, 사람들에게 알려지지 않은 뒷문이 존재하기 마련이다."

무연의 말에 모두가 고개를 끄덕였다.

그의 말대로 세간에는 알려지지 않았지만, 무림세가나 문파의 장원에는 알려지지 않은 뒷문이 존재했다.

"내가 알아봤을 땐 뒷문은 본당이 아니라 외당에 존재하는 것 같다."

"외당?"

무연의 말에 운현 일행이 이해되지 않는다는 듯 서로를 봤다가 다시 무연을 바라봤다.

"하지만 보통의 뒷문은……."

운현의 말에 무연이 답했다.

"그래. 본당에 존재하지. 본당은 가주를 비롯하여 가주의 가족이나 주요인사들이 머무는 곳이니까. 하지만 최근에 본당의 뒷문은 막힌 것 같다. 외당에 새 뒷문이 생긴 것 같더군."

도대체 이 사실을 어떻게 알아냈는지, 만약 무연이 아니라 다른 사람이 말했다면 허풍을 떤다거나, 원래 알고 있었으면서 모른 척 말하는 것이라 생각할 정도였다.

그 정도로 뒷문은 세간에 안 알려져 있을뿐더러 기관 진식을 통해 숨겨져 있는 경우가 파다했다.

하북팽가와 같은 명문세가도 마찬가지일 것이다. 무연은 그 잠깐동안에 뒷문의 위치를 알아온 것이다.

"만약 싸움이 일어난다면 천소단원들과 함께 내가 표시한 곳으로 향해라. 그리고 그곳의 뒷문을 통해 세가를 떠나도록 해."

무연이 모용현과 화설을 돌아보며 말했다. 그 말에 모용현과 화설이 고개를 끄덕였다.

"팽가와 싸울 생각이야?"

한소진이 묻자 무연이 어깨를 으쓱하며 말했다.

"만약 그래야 한다면."

한 세가를 향한 말이라고는 도저히 믿기지 않을 정도로 대담했다. 하북팽가는 무림에서도 손꼽히는 명문가이다. 괜히 오대세가 중 한곳이 아니었다.

헌데 무연은 마치 산적채 하나를 상대한다는 듯이 가볍게 말했다.

그러나 누구도 무연의 말을 가볍게 듣는 이가 없었다.

게다가 운현 일행은 이미 무연이 사혈문주를 단신으로 쳐죽인 사실을 알고 있는 만큼 그의 무위를 어느 정도 짐작하고 있었다.

한소진은 묵묵히 무연의 말을 듣고 있었다. 여전히 표정의 변화는 거의 없었다.

"그리고 지하감옥으로 들어가는 상자가 하나 있다."

"관!"

무연의 말에 화설이 반사적으로 외쳤다.

갑작스러운 외침에 모두의 시선이 화설을 향했다. 쏟아지는 시선들에 화설이 얼굴을 붉혔다.

"아, 아니. 상자 모양이 관처럼… 생겨서."

어찌 보면 순수한 그녀의 생각에 화설중이 머리를 쓰다듬어주었다.

"어이구? 그랬어요?"

마치 아이를 다루는 듯한 화설중의 행동에 화설이 인상을 팍 쓰며 손을 피했다.

"저, 저리 가요!"

"아이구! 저리 가요?"

화설중은 계속 장난을 쳐댔고, 화설은 인상을 쓰며 손길을 피했다.

"억!"

이들의 귀여운 싸움은 화설의 주먹이 화설중의 명치에 꽂힘으로써 막을 내렸다.

"관이라고?"

심각한 상황에서도 유쾌한 모습을 보이는 화설과 화설중에 모두가 미소를 짓고 있을 때 무연만 화설의 말을 잊지 않고 되물었다.

"아니, 진짜 관이라는 게 아니라 생김새가 그래서……."

자신감이 떨어져 말끝을 흐리는 화설을 향해 무연이 고개를 끄덕였다.

"그렇군. 그럼 그 상자에서 나던 지독한 향냄새와 서늘함의 정체가 이해되는군."

"네?"

무연의 말에 화설이 무슨 소리냐는 듯 물었다.

그러자 무연이 고개를 끄덕이며 화설을 향해 말했다.

"네 말이 맞다. 그거 관이야."

"아, 정말요? 역시 내 말이 맞……."

무연의 말에 의기양양해진 화설이 활짝 웃으며 말하다 곧 뜻을 알아차리고는 얼음이 된 것처럼 멈추었다.

삐걱거리는 고개를 천천히 돌려 무연을 바라봤다.

"뭐, 뭐라…고요?"

"관이 맞다. 그 안에 있는 건 시체야. 그리고 부패를 막기 위해 향과 얼음을 썼다. 내가 창고에서 맡은 지독한 향냄

새와 서늘함의 정체는 바로 그것이겠지."

"하, 하지만 시체를 왜?!"

행상 마차와 수레들에 담긴 것의 정체를 알게 된 무연이 팔짱을 끼며 굳은 얼굴로 말했다.

"과거 혈교에서 중원을 치기 위해 준비하던 것이 있지. 죽지 않는 시체."

"죽지 않는 시체……?"

창백해진 얼굴로 묻는 화설을 향해 무연이 살짝 짜증이 묻어 있는 목소리로 답했다.

"강시다."

말이 없어진 운현 일행들을 보며 무연이 입을 열었다.

"빨리 움직여야겠군. 하북팽가에서 생각보다 위험한 걸 준비하고 있었어."

강시라는 말에 화설과 모용현, 화설중, 운현 그리고 남궁 청의 표정이 경악으로 물들었다.

표정의 변화를 거의 보이지 않던 한소진마저도 놀란 듯 눈을 동그랗게 떴다.

이를 아는지, 모르는지 무연이 자리에서 일어나자 한소 진이 그와 함께 일어나며 물었다.

"잠깐, 혈교는 뭐고… 강시는 뭐야?"

과거의 이야기를 듣지 못한 한소진이 무연에게 물었다. 잠시 한소진을 바라보던 무연이 그녀를 향해 말했다.

"혈교는 과거 중원을 차지하기 위해 마교와 무림맹 사이의 전쟁을 유도한 단체다.”

“뭐라고……?”

한소진이 싸늘하게 물었다. 언뜻 살기마저 내비치는 목소리에 모두의 시선이 한소진에게로 향했다.

그러나 한소진은 아랑곳하지 않고 말했다.

“마교와 무림맹의 정사대전이… 혈교라는 단체에 의해 일어난 전쟁이라고?”

지나치게 흥분한 한소진의 모습에 무연이 다가가 말했다.

“이번 일이 끝나면 모두 말해줄 테니 흥분을 가라앉혀라.”

무연의 나지막한 목소리에 한소진이 흥분을 삭혔다. 지금 그녀가 있는 곳은 정파의 오대세가 중 한곳인 하북팽가. 괜히 잘못된 언행으로 정체가 발각되어서 좋을 것이 없었다.

“그래…….”

흥분을 가라앉힌 한소진을 뒤로 무연이 운현을 보며 말했다.

“만약 지금까지 알아낸 모든 정보와 추측이 일치한다면. 하북팽가와의 충돌은 불가피할 거야.”

“하지만… 용천단! 용천단과 함께 조사한다면 괜찮지 않을까?”

“용천단이 하북팽가로 오고 있다. 물론 목적은 나와 한

108

소진을 잡기 위해서지만."

"그럼 잘된……."

"아니."

희망이 생긴 듯한 운현의 말을 끊으며 무연이 고개를 저었다.

"용천단이 오는 것이 확인되면 하북팽가에서 은폐하게 될 가능성이 크다. 그들이 도착하기 전에 모든 것을 알아내고 드러내야 해."

"그렇다면……."

"그래. 그들이 오기까지 빠르면 이틀, 그 안에 팽도천과 상자들의 정체를 알아내야 한다."

잠입(潛入)

밝은 달빛 아래 은밀하게 솟구친 두 개의 신형이 빠른 속
도로 하북팽가의 장원 위를 날아올랐다.

탄탄한 몸과 커다란 키를 가진 사내, 몸에 딱 붙는 검은
옷 덕에 굴곡지고 육감적인 몸매를 드러낸 여인. 둘은 아
무런 기척도 없이 하북팽가 위를 빠르게 스쳐갔다.

그들이 도착한 곳은 장원의 외곽에 위치한 하북팽가의
창고.

지붕 아래 내려앉은 사내가 날렵한 몸짓으로 신형을 움
직여 열려 있는 작은 창문을 통해 그림자처럼 은밀하게 안
으로 들어갔다. 여인도 사내의 뒤를 이어 빠르게 창고로

들어섰다.

"정말 이 방법이 최선이야?"

창고에 도착한 여인, 한소진이 얼굴을 가린 복면을 살짝 내리며 사내를 향해 물었다.

한소진과 마찬가지로 얼굴을 덮은 검은 복면을 살짝 내린 무연이 입을 열었다.

"그래. 소란 없이 조용히 팽도천을 만나기 위해선 이 방법이 최선이야. 유일하게 하북팽가와 혈교의 연결고리를 알고 있는 자이니만큼 최우선으로 접촉해야 해."

무연의 말에 한소진이 할 수 없이 고개를 작게 끄덕이며 하북팽가의 무인들이 나르는 상자를 내려다보았다.

폭이 좁고 길이가 길쭉한 상자.

무연에 의하면 상자 안에는 부패를 막기 위해 얼음으로 싸인 시체가 들어 있을 것이다.

무연과 한소진이 은밀히 창고를 살피고 있을 때 그곳을 총관리하던 팽영준이 큰 목소리로 외쳤다.

"앞으로 두상자만 더 들어가면 오늘은 끝이다!"

"예!"

두상자라는 말에 무연이 빠르게 상자를 훑어보았다.

상자는 이제 세개밖에 남지 않았다. 오늘 만약 두상자가 지하감옥으로 들어가면 남은 수는 단 하나.

"상자가 거의 다 들어간 모양이군. 오늘 두개가 들어가면 남는 상자는 하나다. 할 수 없이 나 혼자서 가야겠군."

무연의 말에 한소진이 상자를 내려다보았다. 골똘히 무엇인가를 생각하던 한소진이 무연을 보며 말했다.

"상자의 크기가 작지 않으니 두사람도 들어갈 수 있을 거야."

확실히 한소진의 말대로 상자의 크기는 작지 않았다.

성인의 시체를 넣고도 얼음을 채워야 했기 때문에 상자를 성인에 비해 약간 크게 만들었기 때문이다.

물론 그 사실은 알고 있었지만, 무연이 잠시 망설이며 말했다.

"하지만 두 사람이 들어가기엔 좁아. 아마……."

무연이 말을 흐리자 한소진이 고개를 저으며 답했다.

"네가 뭘 염려하는지 알지만 나는 신경 쓰지 않아."

단호한 그녀의 말에 무연도 고개를 끄덕이며 빠져나가는 두개의 상자를 바라봤다.

이제 남은 상자는 한개였다.

팽영준은 무인들을 시켜 창고에 귀하고 값비싼 얼음을 잔뜩 깔아둔 뒤 눈매를 좁히며 유심히 살폈다.

아무런 기척도 들려오지 않는 창고를 살피던 팽영준은 이내 불을 끄며 나가 잠근 뒤 무인들과 함께 떠났다.

팽영준과 하북팽가의 무인들이 창고를 빠져나가자 무연이 지붕에서 바닥으로 사뿐히 내려앉았다.

"이제 상자 안에 뭘 숨겨뒀는지 확인할 수 있겠군."

무연은 하북팽가의 자물쇠와 낙인이 찍힌 상자의 앞으로

다가갔다. 검지와 중지로 자물쇠를 구부린 후 상자를 열어 본 무연의 얼굴이 굳어졌다.

옆에 있던 한소진 역시 인상을 굳히며 상자의 안을 살펴 보았다. 그곳에는 예상대로 시퍼렇게 변한 시체가 눈을 감 은 채 두손을 가슴에 포개고 누워 있었다.

"성인 남자, 나이는 스물 중반 정도… 무복을 입은걸 보 니 무인인 것 같은데."

"응. 진짜… 시체가 들어 있을 줄이야. 하북팽가는 정말 강시라도 만들 생각이었나?"

아직 믿어지지 않는 듯 한소진이 무연을 향해 물었다. 하 지만 무연 역시 확실한 것을 알 수 없었기에 고개를 작게 저으며 답했다.

"확실한 건 이 상자의 종착점에 도착한 후 팽도천을 만나 면 알게 되겠지."

"하북팽가는 명문가야. 그리고 하북팽가의 현 가주인 팽 우영은 역대 가주 중 가장 강하다고 알려진 무인이고. 만 약 하북팽가가 그 혈교라는 단체와 연이 있고, 강시를 만 들고 있다면… 어쩔 거야?"

한소진의 말대로 지금 하북팽가의 전력은 상당히 강했 다.

일단 역대 가주 중 가장 강하다고 정평이 나 있는 팽우영 이 있고, 정사대전 이후 무인 양성에 막대한 투자를 해왔 기 때문에 지금의 전력도 상당했다.

"하북팽가 전체와 맞붙는 건 아무래도 힘들겠지. 하지만 하북팽가 전체와 싸울 일은 없을 거야."

"어째서? 하북팽가 내부에서 일어난 일이야. 가주인 팽우영이 마음만 먹는다면 우리에게 어떤 사유를 들먹여서라도 누명을 씌워 죄인으로 만들 수 있어. 우리가 절대적으로 불리해."

오대세가의 한축을 맡고 있는 하북팽가의 위명을 모를 리 없는 한소진의 말에 무연은 담담히 내려다보았다.

말없이 자신을 보는 무연의 눈을 응시하던 한소진이 뭔가 깨달은 듯 말했다.

"그래서… 팽도천이 필요한 거였군."

한소진의 말에 무연이 고개를 끄덕였다.

*   *   *

달빛 아래에서 야영을 하기 위해 분주히 준비를 하는 용천단원을 가만히 응시하던 도원. 자신의 옆에서 팔짱을 낀 채 무슨 생각을 하는 건지 복잡한 눈빛을 하고 있는 광암을 향해 입을 열었다.

"무슨 생각을 그리하십니까?"

도원의 물음에 광암이 무거운 입을 열었다.

"무연을 생각하고 있었다. 굳이 탈맹하고자 했다면, 행선지를 말할 필요가 없었을 게다. 하지만 행선지를 남겼다는 것은… 아무래도 우리를 그곳으로 부르는 것 같구나.”

“확실히 이상하긴 합니다. 무연이 자신의 행동에 징계가 따른다는 것을 모를 리가 없습니다. 광암님의 말대로 무연이 저희를 하북팽가로 부르는 것 같군요.”

팔짱을 낀 채 서 있던 광암이 눈을 감았다.

“무연을 만나면 알게 되겠지만, 아무래도 꺼림칙해. 우리가 모르는 뭔가가 하북팽가에서 일어나는 것 같구나.”

‘맹주님이 나를 하북팽가로 보낸 데에는 이유가 있을 것이다. 그리고 그 이유는 무연이 하북팽가로 말없이 떠난 것과 연관이 있겠지…….’

생각을 마친 광암이 눈을 뜨며 도원을 보고 말했다.

“야영 준비를 멈추고 짐을 챙기라고 이르거라. 아무래도, 좀 더 빨리 하북팽가에 도착해야 할 것 같구나.”

“하지만 용천단원들은 산악행군 훈련에 의한 피로가 아직 누적되어 있습니다. 제대로 쉬지도 못하고 무연을 잡기 위해 맹에서 나서지 않았습니까?”

도원의 말에 광암이 용천단원들을 바라봤다.

확실히 그들은 아직 피로감이 제대로 풀리지 않았는지 얼굴엔 피로가 가득했다.

장혁과 장현은 야영 준비를 하면서도 졸린지 눈을 끔벅이며 손으로 눈가를 비비고 있었다. 백하언은 피곤한지 연신 하품을 했다. 최대한 시간을 단축하기 위해 쉼 없이 달려왔기 때문에 그들의 피로는 당연했다.

"그럼 나 먼저 가도록 하마. 피로를 해소하고 뒤따라오
도록 해라."

말을 마친 광암이 빠르게 신형을 날렸다.

도원은 무슨 말을 하기도 전에 멀찍이 사라져가는 광암
을 바라보다 머리를 쓸어 올렸다.

"무슨 일이 벌어지고 있는 건지."

혼란스러운 상황 속에서 도원은 자신의 허리춤에 메여
있는 도의 손잡이를 만지작거렸다.

\* \* \*

다음 날 아침. 여느 때와 같이 창고의 문이 열렸다. 몇 명
의 하북팽가 무인들과 함께 팽영준이 모습을 드러냈다.

그는 마지막 남은 상자 하나를 가리키며 말했다.

"이제야 하나 남았군. 저것마저 옮긴 뒤 창고를 정리하
도록 해."

"알겠습니다."

지시를 받은 무인 네명이 빠르게 다가와 상자를 들어올
렸다. 자세히 보면 자물쇠의 상태가 정상이 아님을 알 수
있었을 것이다. 그들은 빨리 옮기고 쉬려는 듯 살짝 구부
러진 자물쇠의 상태를 미처 확인하지 못했다.

"음?! 이 상자는 다른 상자들에 비해 조금 묵직한걸?"

좀 더 묵직한 무게감에 무인 한명이 상자를 살피며 말했

다.

"잔말 말고 옮겨. 빨리 옮기고 쉬자고, 나 참… 이게 뭐라고 이 고생을 하는지 원…….”

그들이 자물쇠의 상태를 확인하지 않고 옮기자 한소진과 무연이 안도의 한숨을 작게 내쉬었다.

상자의 모서리 부분을 한곳씩 잡은 무인들이 빠르게 지하감옥으로 향했다.

한편, 상자 안에 들어간 무연과 한소진은 밀착된 상태로 최대한 서로 붙지 않게 노력했다.

두 사람이 들어간 탓에 상자가 무거워져 들킬 뻔했지만 다행히 조용히 넘어갔다.

한편, 상자 밖에서 들려오는 무인들의 대화를 듣던 무연이 흥미로운 듯 눈을 빛냈다.

'창고에서 팽영준이란 자와 함께 있던 무인들도 이 상자의 정체를 모르는 건가…….'

대화를 들어보면 그들 역시 상자 속에 있는 것이 뭔지 모르는 듯했다.

'역시. 아무래도 믿음직한 소수의 인원으로 일을 벌이는 것이겠군.'

대충 돌아가는 상황을 짐작한 무연은 가슴팍에서 꼼지락대는 한소진을 발견했다. 고개를 낮춰 그녀를 바라봤다.

상자를 짊어진 네명의 키가 맞지 않는 듯 상자가 약간 무연 쪽으로 쏠렸다. 무연에게 딱 붙은 한소진은 최대한 붙지 않으려 했지만 상자가 워낙 좁기도 했고, 기울어지는 바람에 할 수 없이 밀착되었다.

얼마나 이동했을까. 지하감옥을 지키는 문지기들의 대화 소리와 함께 주변이 더욱 어두워짐을 느낀 무연이 고개를 들었다.

상자 안이라 보이는 것은 없었지만, 그들의 발걸음 소리에 청력을 집중했다.

일다경 정도를 움직이자 자물쇠가 열리는 소리와 함께 철문이 삐걱거리며 열렸다.

이후 팽가의 무인들이 상자를 내려놓았다. 곧 자물쇠가 다시 잠기는 소리와 함께 주변은 침묵으로 뒤덮였다.

주변에서 아무런 기척도 느껴지지 않음을 확인한 무연이 상자를 열고 일어섰다. 그와 함께 일어선 한소진이 몸을 털며 상자에서 빠져나왔다.

"신경 쓰지 않는다더니?"

붉은 얼굴을 한 한소진에게 무연이 물었다.

"신경 안 써. 더워서 그런 거야."

자신의 붉어진 얼굴이 민망한지 고개를 돌린 한소진이 말했다. 무덤덤한 척하려 해도 사내와 이렇게 밀착된 상태로 오랫동안 있어본 적이 없었기에 민망한 건 어쩔 수 없었다.

그녀를 놀리는 것을 멈춘 무연은 고개를 돌리며 주변을 살폈다. 주변에는 그와 그녀가 함께 몸을 뉘였던 상자와 같은 상자들이 수십개가 놓여 있었다.

주변의 온도는 상당히 낮았다. 기온을 더욱 낮추려는 것인지 얼음이 잔뜩 깔려 있었다.

게다가 지독한 향냄새가 코를 찔러왔다.

"뭘 하는 건지는 봐야 알겠지만, 좋은 일은 아닌 것 같군."

무연의 말에 한소진도 고개를 끄덕이며 주변을 살폈다.

"이 상자 속의 시체를 가지고 뭘 하려는 건지 알아보자고."

말을 마친 무연이 상자들이 널려 있는 지하창고의 문 쪽으로 다가갔다.

문에 귀를 댄 무연은 밖에서 기척이 들리지 않는 것을 느끼고 문고리에 손을 댔다.

우드득!

쇠로 만들어진 문고리가 박살나며 뽑혀 나왔다.

보통의 힘과 내력으로 할 수 있는 일이 아닌데 문고리는 허무하게 뽑혔다. 한소진이 바닥에 널브러져 박살난 문고리를 내려다보았다.

"쉽게도 부수네."

문을 열고 살며시 창고를 나서는 무연을 보며 한소진이 중얼거렸다. 한소진은 앞서 걸어가는 무연의 뒤를 재빨리 따라나섰다. 무연은 창고를 나서는 순간 코를 찌르는 약품 냄새에 인상을 찌푸렸다.

태어나서 한번도 맡아본 적이 없는 지독하고 기괴한 냄새에 한소진은 소매로 코와 입을 감쌌다.

"무슨 냄새야?"

한소진의 물음에 무연이 고개를 저으며 말했다.

"모르겠어. 하지만 대충 뭘 하고 있는지는 알겠군."

걸음을 멈춘 무연의 뒤에 서 있던 한소진이 옆으로 가서 섰다.

시야에 가득 차는 믿기지 않는 광경에 코와 입을 가리던 손을 내리고 멍한 표정으로 앞을 바라봤다.

"저게… 설마?"

한소진이 떨리는 눈으로 무연을 바라보며 물었다.

그녀와 마찬가지로 앞을 바라보며 인상을 굳히고 있던 무연이 고개를 끄덕였다.

"그래. 강시다."

\* \* \*

"무 공자와 한 소저가 잘 도착했을까요?"

모용현이 걱정되는 듯 묻자 운현이 고개를 끄덕였다.

"무연이 있으니 어떻게든 될 거야. 우리는 우리 일에만 집중해야지."

말을 듣던 남궁청의 운현의 앞에 서며 말했다.

"그래. 그리고 만약의 일에 대비하자고."

남궁청의 말에 모두가 자신의 검에 손을 올렸다.

　그들은 지금 혹시 일어날지도 모르는 하북팽가와의 싸움을 준비하고 있었다.

　"일단 천소단원을 모으자. 현재로썬 하북팽가에 대항할 수 있는 유일한 조직은 천소단이니까."

　운현의 말에 모두 고개를 끄덕이곤 사방으로 흩어졌다. 그들은 하북팽가의 여러곳에 흩어져 있는 천소단원을 모을 생각이었다.

　하북팽가에서 유일하게 팽가와 연관되어 있지 않은 무림맹의 조직, 천소단. 비록 어린 무인들의 집단이었지만, 명문가의 후기지수들로 이루어졌기에 하북팽가 역시 함부로 건드리지 못할 것이다. 아직 어린 힘이지만 하나로 규합된다면 팽가도 섣불리 힘을 쓰지 못할 것이다.

　운현 일행은 천소단원을 하나로 모아 무연과 한소진의 신호에 맞춰 진실을 전할 생각이었다. 이후 하북팽가에 대항하며 용천단이 올 때까지 버텨야 했다.


＊　　＊　　＊


　"난 지하감옥에 갔다 와야겠군."

　서류를 보던 팽우영이 자리에서 일어섰다.

　맞은편에서 장대웅이 보던 책을 덮으며 팽우영을 바라보았다.

"지하감옥?"

장대웅의 물음에 팽우영이 도포를 걸치며 답했다.

"그래. 얼마나 일이 진행되었는지도 살피고, 겸사겸사 팽도천의 얼굴도 좀 봐야겠군."

"조심히 갔다 오라고. 꼬리 달지 말고."

이죽거리며 말하는 장대웅에 팽우영이 인상을 살짝 굳히며 대꾸 없이 외당을 빠져나갔다.

팽우영의 뒷모습을 보던 장대웅이 얼굴에서 미소를 지우며 차가운 낯빛으로 중얼거렸다.

"팽가가 선두에 선다라… 그래. 선두에 서겠지."

* * *

"끄응!"

돌 제단 위에 시신을 올려놓은 백발의 노인. 시퍼런 낯빛으로 죽어 있는 여인의 시체를 위아래로 살펴보았다.

무복을 입고 있는 것으로 보아 생전 무인으로 활동한 듯한 여인의 시체를 더듬던 노인은 봉긋 솟은 젖가슴을 주물렀다. 차갑게 식어 딱딱했지만, 아랑곳하지 않고 여인의 은밀한 부위를 주무르며 중얼거렸다.

"으흐흐… 얼굴이 곱구나. 살아 있었다면 더 좋았을 것을… 아쉬워."

여인의 얼굴을 보며 음흉하게 눈을 빛내던 노인이 무복

을 젖혀 그녀의 식은 육체를 바라봤다.

"흐흐흐……."

이미 목숨을 잃은 몸이라 수치심을 느낄리 없는 여인의 옷을 조심스레 들추던 노인은 갑자기 느껴지는 거대한 힘에 의해 뒷목이 잡혀 버둥거렸다.

"컥! 끄…으윽!"

"넌 누구지?"

몸을 돌려 마주한 자는 사내였다. 검은 무복을 입고 무심한 눈으로 자신을 내려다보는 큰키의 사내.

노인은 그 사내의 눈을 본 순간 끝을 알 수 없는 심연을 마주하게 되었다. 형언할 수 없는 공포에 몸을 부들부들 떨었다.

"누… 누구십니까?"

부들거리며 묻는 노인에 사내 무연이 말했다.

"난 같은 질문을 두번 하지 않아."

싸늘한 사내의 말에 정신이 번쩍 든 노인이 급히 대답했다.

"끄윽! 제, 제 이름은 유… 육창입니다."

"어디서 왔지?"

"저… 저는 관사에서 시신을 부검하는 일을……."

몸을 쉼 없이 떨며 말하는 육창에 무연이 인상을 찌푸리며 주변을 둘러보았다. 그리고 보니 약품 냄새가 코를 찌르며 진동했는데, 뭔가 이상했다. 급히 주변을 둘러보던 무연이 한소진을 향해 고개를 돌렸다.

"이거, 하북팽가가 한방 먹었군."

"무슨 말이야?"

한소진은 알 수 없다는 듯이 무연을 향해 물었다. 무연은 육창을 내려놓으며 말했다.

"여긴 강시를 만드는 곳이 아니야."

"그럼?"

"강시를 제련하는 곳인 것처럼 그럴싸하게 꾸민 시신 보관소지."

그의 말에 육창과 한소진의 눈이 동시에 커졌다.

"그 말은……."

"그래. 강시는 이런 식으로 만들지 않아. 이렇게… 간단하게 만들지도 않고."

육창을 싸늘하게 내려다보던 무연이 물었다.

"네게 하북팽가로 가서 강시제련사인 것처럼 행동하라고 한 자들이 있겠지?"

그의 말에 육창의 눈동자가 빠르게 움직였다.

"켁!"

재차 무연에게 멱살이 잡힌 육창이 허공에 떠올랐다. 우직한 무연의 손이 육창의 목을 쥔 것이다.

거력에 의해 숨도 제대로 쉬지 못하고 캑캑거리는 육창에게 무연이 조용히 말했다.

"마지막이다. 눈동자 굴리며 상황을 모면할 생각하지

마. 후에 너를 보낸 이들이 너를 죽일지도 모른다는 공포를 느끼고 있겠지만… 지금은 나를 두려워해야 할 거야.”

잡은 손을 가까이 한 무연이 육창의 두눈을 지그시 바라보며 말했다.

“지금 당장 죽기 싫다면 말이야.”

\*   \*   \*

“혈교가 보냈을까?”

한소진은 목이 꺾인 채 널브러진 육창을 내려다보았다.

그녀의 말에 이젠 시체가 되어버린 육창을 무심히 보던 무연이 주변을 둘러보며 입을 열었다.

“그럴 거야. 일이 더 복잡해졌어. 혈교가 노린 것은 하북팽가야. 우리가 나서지 않아도 혈교는 하북팽가에서 강시를 제련한다고 폭로했을 테지.”

“명문세가의 몰락을 유도했다?”

그녀의 말에 무연이 신형을 돌리며 고개를 끄덕였다.

“그래. 강시는 무림에서 금기시되고 있는 존재야. 그런데 그런 것을 제련했다? 그리고 이를 이용해 중원을 장악하려 했다는 사실이 알려지면 하북팽가는 중원에서 자신들의 이름을 유지하지 못할 거야.”

“멸문.”

“그래. 멸문지화를 피할 수 없겠지. 지금의 무림맹은 힘의 포화 상태야. 검은 날카로워질 대로 날카로워졌지만, 마교가 십만대산으로 들어간 후 그 검을 겨눌 상대가 없어진지 오래야. 그런 만큼 하북팽가를 가만둘 리가 없지."

"그래. 이대로 두면 제2의 사파조직이 생겨날지도 모르니까."

신형을 돌리며 밖으로 향하던 무연이 고개를 끄덕인 뒤 답했다.

"도리어 하북팽가를 지켜야 하는 꼴이 되어버렸군."

강시제련실로 꾸며진 곳을 빠져나온 무연은 조심히 지하 감옥을 살폈다.

제련실은 감옥의 한층 아래였다. 위로 향하는 계단 쪽에 입구를 지키는 무인들이 있었다.

무연은 멈추지 않고 자연스럽게 계단 위로 향했다.

들려오는 발걸음 소리에 입구를 지키던 무인이 고개를 돌리다 무연과 한소진을 보았다. 눈을 동그랗게 뜨며 말했다.

"누, 누구시오?"

"육창님의 부하입니다."

"하지만 들어가는 걸 본 적이……."

본 적이 없다 대답하는 무인을 향해 한소진이 다가갔다.

"저를 본 적이 없으시다고요?"

한소진이 살짝 울상인 얼굴로 다가서자, 무인이 당황하여 손사래를 쳤다.

"아, 아니. 그, 그건 그렇긴 한데……."

"나 참, 그만두게. 아무래도 우리가 당번이 아닐 때 오셨겠지."

"그런가?"

납득하는 무인들 사이로 무연과 한소진이 스쳐지나가며 말했다.

"잠시 육창님의 지시로 살펴볼 게 있어서요. 감옥 안쪽을 봐도 될까요?"

한소진이 조심스레 물었다. 그러자 입구를 지키던 무인이 고개를 끄덕였다.

옆에 있던 무연은 새삼스레 한소진을 바라봤다.

"그러도록 하십시오. 헌데 가장 안쪽에 있는 곳은 가면 안 됩니다."

"어차피 잠겨 있지 않은가?"

"그래도 일러는 둬야……."

그들이 투닥거리는 사이 무연과 한소진은 지하감옥 안쪽으로 발걸음을 옮겼다.

"훌륭한 연기더군."

무연의 칭찬에 한소진이 무표정으로 그를 보며 조용히 말했다.

"해야 할 필요가 있으니까."

"칭찬이야."

칭찬이라는 말에 한소진은 대답 없이 묵묵히 걸었다.

한소진은 누군가에게 칭찬을 듣는 것이 낯설었다.

왜인지 모르게 무연의 칭찬은 기분을 묘하게 만들었다.

지하감옥 안에 수감되어 있는 자들은 한명도 없어 한산했다. 가장 안쪽에 도달하자 두꺼운 철문이 보였다.

잠겨 있는 철문을 지그시 보던 무연이 손을 뻗었다.

손바닥을 철문의 열쇠 꽂는 부분에 가져다댄 무연이 천천히 손바닥을 오른쪽으로 비틀었다. 이에 맞춰 철문이 끼기긱— 하는 기괴한 소리와 함께 비틀어졌다.

쿵—

이윽고 철문이 열렸다. 무연은 그 안에서 쇠사슬에 감겨있는 남자를 발견했다.

"팽도천?"

무연의 말에 산발한 머리의 남자가 서서히 고개를 들어 올렸다.


\* \* \*


"용천단의 부단주라는 자와 단원 한명이 무단으로 맹을 나섰다고 들었습니다."

남궁세정의 말에 혜정이 담담하게 고개를 끄덕였다.

"이유는 알 수 없지만 그랬다고 하더군."

"쉽게 넘어갈 문제가 아니란 걸… 맹주님도 알고 계시지 않습니까?"

차를 마시던 남궁세정이 찻잔을 내려놓으며 말했다.

찻잔을 기울여 입술을 적신 혜정이 고개를 끄덕였다.

"그렇지. 그에 합당한 징계를 내릴 것이네."

"징계로 끝날 문제가 아닙니다. 이건 용천단원으로 받아들인 무인들의 문제이지요."

"그들에게 문제가 있다고 생각하는 것인가?"

혜정의 물음에 남궁세정이 기다렸다는 듯 고개를 끄덕였다.

"그렇습니다. 그들 중 명문가의 무인은 단 세명. 그것도 백월문의 무인들뿐이죠. 그 외에는 출신도, 문파도 불분명한 자들로 이루어져 있습니다. 그들에게 무림맹의 감찰 조직인 용천단을 맡긴 것부터가 문제입니다. 지금만 봐도 창단된지 한달도 채 넘기지 않았는데 문제가 생기지 않았습니까?"

남궁세정의 압박에도 혜정은 담담했다.

흥분하여 말하는 남궁세정을 진정시키려는 듯 가벼운 미소와 함께 입을 열었다.

"진정하게. 남궁 장로. 그들에 대해 평가하는 건 맹을 보고도 없이 빠져나간 용천단의 부단주와 용천단원을 데려온 다음에 해도 늦지 않네."

"평가하고, 자시고가 어디 있습니까? 그들은 이미 죄를 지었습니다."

"죄라… 그들이 죄를 지었는지는 두고 보면 알 걸세."

번쩍―

"끄응!"

자리에 누워 있던 남궁세정이 눈을 뜨며 상체를 들어올렸다. 오른손으로 뒷목을 잡고 잠시 뭉친 근육을 풀어주던 남궁세정은 며칠 전 맹주와 나누었던 대화를 되새기며 인상을 굳혔다.

"맹주가 뭘 믿고 그런 얘기를 한건지 알 수가 없군……."

*　*　*

"누, 누구냐."

쇳소리가 가득한 목소리에 무연이 남자에게로 다가갔다. 그는 무연을 경계하며 급히 몸을 웅크리고 뭔가를 감추려 애썼다.

무연은 유심히 그의 품속을 봤다. 남자의 품속에 작은 신형이 몸을 웅크리고 있었다.

"무연."

한소진의 부름에 무연이 고개를 돌리자 그녀가 뭔가를 가리켰다. 외벽에 달린 쇠사슬이었는데, 그 사슬은 길게 남자의 품속까지 이어져 있었다. 잠시 쇠사슬과 남자를 보던 무연이 다가가 신형을 낮추며 말했다.

"팽도천이 맞나?"

"그…래. 너, 넌 누구냐? 처음 보는 얼굴인데……."

"난 운현의 친구다. 운현의 말을 듣고 너를 만나기 위해 이곳에 왔지."

운현의 친구라는 말에 팽도천이 고개를 들어 무연을 보더니 웅크린 몸을 펴며 말했다.

"이, 이 아이는 죄가 없네. 이 아이는 죄가 없어. 데려가주게. 자네가 이 아이를……."

팽도천의 품속에서 나온 아이는 심한 폭행을 당한 듯 몸 이곳저곳에 멍이 들어 있었다. 입가엔 피가 잔뜩 흘렀는지 굳어진 핏줄기가 가득했다.

"아들?"

"그래. 팽유성, 내 아들일세. 나는 괜찮으니 이 아이만이라도 이곳에서 데리고 나가주게."

간절한 팽도천의 부탁에 무연이 그를 내려다보며 말했다.

"한가지만 말해주면 팽유성, 너도 이곳에서 데리고 나가주지."

"무, 무엇을 말해주면 되지?"

팽도천이 간절하게 고개를 들어 무연을 바라봤다. 그러자 무연이 입을 열었다.

"네가 말한 혈세가 뭘 의미하는 거지?"

무연의 물음에 팽도천이 떨리는 눈으로 보다 곧 입을 열었다.

"혈교… 그들은 자신들을 혈교라고 했네. 그들은 사혈문을 만들고, 하북팽가를 천하제일의 세가로 만들어준다고 했지. 그들의 목적은 중원의 장악, 중원을 피로 물들이는 것이야… 나는 이를 막으려 했지만 나보다… 팽우영이 더 빨랐지."

혈교라는 말을 듣자 무연의 눈이 매섭게 빛을 냈다.

그는 팽도천의 말을 조용히 듣다가 팽도천을 보며 천천히 말했다.

"네가 한 말은 진실인가?"

"이제 와서 내가 뭘 숨기고, 왜 거짓말을 하겠나… 내가 주화입마에 빠져 미친 것 같은가?"

무연이 고개를 저었다. 주화입마에 빠진 무인이 이렇게 제대로 말하고 팽유성을 데리고 나가달라 부탁할 리 없었다.

"유성이를 구해줄 유일한 자들인데 내가 왜 자네들에게 거짓말을 하겠나?"

팽도천의 절박한 눈을 보던 무연이 자리에서 일어났다. 부자를 묶고 있는 쇠사슬과 수갑을 향해 손을 뻗었다.

\* \* \*

"커억!"

지하감옥. 강시제련실로 내려가는 계단을 지키던 무인

이 우악스러운 팽우영에 의해 멱살이 잡혀 벽에 처박혔다.

"뭐라고?! 육창의 부하가 왔었다고!"

"끄…으윽! 그, 그렇습니다."

"그들은! 그들은 어디로 갔느냐!"

"지, 지하감옥을 살피러…….."

팽우영이 거칠게 무인을 바닥에 내팽개치며 말했다.

"육창은 죽었다! 당장 지하감옥을 막아라. 단 한놈도 지하감옥을 들어와서도 빠져나가서도 안 될 것이다!"

"네, 네!"

팽우영의 말을 들은 무인이 급히 지하감옥의 입구로 달려갔다. 팽우영의 시선이 팽도천이 갇혀 있는 곳으로 향했다.

"어떤 개자식이……!"

팽우영의 신형이 빠르게 지하감옥으로 향했다.

*　　*　　*

"운현!"

화설중이 급히 운현을 찾았다. 급박한 목소리에 운현이 급히 고개를 돌려 화설중을 맞이했다.

"무슨 일이야?"

"허억! 휴! 지금 지하감옥에 하북팽가의 무인들이 모이고 있어! 투입되는 무인들이 점점 많아지고 지하감옥 주변

136

으로 아무도 얼씬거리지 못하게 막는다는군!"

화설중의 말에 운현의 얼굴이 굳어졌다.

"시작된 모양이야. 대부분의 천소단원을 모았으니 그들에게……."

"진실을 밝힐 때야."

"응."

말을 마친 운현은 복잡한 표정으로 모여 있는 천소단원을 봤다. 만약, 하북팽가와의 싸움이 시작된다면 많은 수의 천소단원이 목숨을 잃을 것이다.

"최대한… 피해야 할 텐데."

운현은 최대한 싸움을 피하고 싶었다. 하지만 그럴 수 없다는 것은 그가 제일 잘 알고 있었다.

탈옥

투드득—

 오랫동안 그를 잡아두던 수갑과 쇠사슬이 무연의 손길에
의해 박살났다. 자유가 된 팽도천은 떨리는 손으로 팽유성
의 볼을 쓰다듬었다.

 "일어나. 시간이 없어."

 "그, 그래……."

 사람은 오랫동안 움직이지 않으면 뼈와 관절이 굳고, 근
육이 빠진다. 그것은 무인인 팽도천도 마찬가지였다.

 한때는 초절정의 고수로 이름을 날렸지만 지금은 삐쩍
말라버린 몸과 근육과 살이 사라져 후들거리는 팔과 다리,

굳어진 관절로 걷는 것조차 힘겨웠다.

팽유성은 한소진이 안아 들었다. 팽유성을 바라보던 한소진이 인상을 찌푸리며 말했다.

"상태가 좋지 않아. 당장 치료받아야 해."

그녀의 말에 팽도천이 안타까운 듯 팽유성을 바라봤다.

팽유성을 보던 무연의 고개가 빠르게 입구로 향했다.

그리고는 팔을 벌려 한소진과 팽도천을 막아섰다.

"뒤로 물러서."

무연의 말에 한소진과 팽도천이 뒤로 물러섰다.

이윽고 철문이 삐걱거리며 열렸다. 거대한 신형의 중년 남자가 모습을 드러냈다.

도를 든 채 흉흉한 기세를 내뿜는 팽우영이 철문을 열어 젖히며 매서운 눈으로 무연을 바라봤다.

무연의 등 뒤에 힘겹게 서 있는 팽도천과 팽유성을 안고 있는 한소진을 발견하고 크게 노하여 외쳤다.

"네놈은 누구냐?"

예상치 못한 팽우영의 등장에 무연이 양주먹에 힘을 주며 앞으로 나섰다.

"무연."

"무연?"

들어본 적 없는 이름에 팽우영이 도를 겨누며 말했다.

"네놈이 누군지는 모르겠으나, 감히 하북팽가에 함부로 발을 들인 것으로도 모자라, 팽가의 손님을 죽이고 죄인인

142

팽도천을 풀어주다니! 네놈이 정녕 죽고 싶은 게냐?!"

"죄인이라. 혈교에 유일하게 대항하여 하북팽가를 지키려 한 팽도천이 어째서 죄인이지?"

팽도천이 입을 다물고 무연을 바라봤다.

그의 눈빛은 그걸 어떻게 알고 있느냐고 말하는 듯했다.

"미련하군. 팽우영. 아마 혈교는 네게 중원의 일부를 약속했겠지. 아니면 천하제일의 세가로 만들어준다면서 말이야. 그런데 그거 알고 있나? 너는 지금 혈교에게 속고 있어."

"뭐…라고?"

"저 아래에 강시제련소를 봤다. 그리고 육창이라는 자를 만났지. 그는 관사에서 시신을 부검하는 일을 하던 자였다. 강시와는 전혀 관련 없는 자였지. 게다가 강시는 아무 곳에서나 만들 수 있는 것이 아니야. 음기가 가득한 천고음영지(天告蔭影地)에서나 만들 수 있지."

"무슨 말을 하는 게냐."

매서운 눈으로 바라보며 묻는 팽우영에 무연이 고개를 저었다.

"속았다고, 팽우영! 저건 강시가 아니야. 그저 죽은 시체들이지. 혈교는 네게 강시라고 속였겠지만."

"개소리 집어치워. 그딴 세 치 혓바닥에 내가 넘어갈 성싶으냐?!"

"곧 용천단이 하북팽가에 도착할 것이다. 그리고 이곳을 발견하겠지. 그럼 하북팽가는 어찌될 것 같나?"

혼란스러운 듯 고개를 젓던 팽우영의 눈동자가 떨림을 멈추었다.

이를 발견한 무연이 양팔에 내력을 집중시켰다.

"방법이 없는건 아니지. 네놈들이 없다면 말이야."

부웅─!

팽우영의 도가 빠르게 휘둘러졌다. 그의 도에서 매섭게 뿜어져나온 도기가 무연에게로 날아들었다.

기습적으로 날아들었지만, 어느 정도 공격을 예상하고 있던 무연은 빠르게 권강을 펼치며 팽우영의 도기를 쳐냈다.

"하압!"

쾅─!

거대한 폭음과 함께 무연의 신형이 뒤로 밀려났다.

팽우영이 모래먼지를 뚫고 빠르게 무연에게 쇄도해 왔다. 그에 한소진이 서둘러 검을 뽑았지만, 곧이어 들려오는 무연의 외침에 자리에 멈추었다.

"오지마! 어서 팽유성과 팽도천을 데리고 이곳에서 벗어나!"

하지만 무연에 외침에도 한소진은 발을 떼지 못했다.

팽우영은 초절정의 무인으로 하북팽가의 역대 가주 중 가장 강하다고 알려졌다.

그런 만큼 그의 무공수준은 중원 내에서도 손꼽혔다. 무연 혼자서 감당하기엔 너무 강한 상대라고 생각했다.

한소진이 머뭇거리자 무연이 재차 고개를 돌려 말했다.

"한소진."

자신의 이름을 부른 무연에 한소진이 눈을 바라봤다.

무연은 마주한 한소진의 두눈을 보며 말했다.

"데리고 나가."

쿠구구구궁──!

대지가 떨려왔다. 그리고 지하감옥 내의 대기가 무연을 중심으로 회오리치며 모여들었다.

"방해되니까."

무연의 말이 끝나기가 무섭게 한소진이 한손엔 팽유성을 안아들고, 한손으론 팽도천을 부축한 채 빠르게 철문 너머로 몸을 날렸다.

한소진에 의해 팽유성과 팽도천이 빠져나가는 것을 발견한 팽우영이지만, 그는 차마 그들을 막을 수가 없었다.

그들은 신경 쓰지 않아도 되는 이들이 아니었다.

팽도천은 이 지하감옥에 꼭 가두어둬야 하는 자였다.

하지만 막을 수 없었다.

지금 그의 앞에 서 있는 사내. 무연이라 밝힌 사내의 신형에서 내뿜어지는 거력의 기운 때문이다.

"네놈은 대체 누구냐……?!"

점점 거대해지는 존재감에 팽우영이 도를 쥔 손에 힘을 주며 말했다.

거대한 존재감의 주인이자 거력의 기운을 가진 무연이 팽우영을 바라보며 대답했다.

"무림맹 용천단의 부단주 무연이다."

"흡!"

팽우영은 두눈을 부릅떴다. 그는 수직선을 그리며 도를 내리찍었다.

푸른 뇌기와 함께 팽우영의 도에서 도강이 뿜어져나오며 그의 도를 감쌌다. 거대하게 뿜어진 도강이 번개처럼 빠르게 다가온 무연을 두동강 내려는 듯 수직으로 베었다.

까—앙!

도저히 주먹과 도신이 맞부딪친 소리라고는 믿기지 않을 정도로 청아한 소리와 함께 팽우영의 신형이 붕 떠 뒤로 밀려났다.

'이럴 수가… 내가 힘에서 밀리다니?!'

단 한번도 힘에서 밀려본 적이 없다고 자신하던 팽우영은 지금의 상황이 믿기지가 않았다.

이제 겨우 약관이 지난 듯한 젊은 무인에게 밀린 자신이 믿기지 않았다.

"이놈이!"

분노한 팽우영이 수평으로 도를 휘둘렀다.

그러자 푸른 뇌기와 함께 거대한 도기가 무연에게로 날아들었다.

도기를 발견한 무연이 상체를 급히 숙이며 피함과 동시

에 허리를 튕기며 엄청난 속도로 팽우영에게 날아들었다.

"흐읍!"

팽우영이 급히 몸을 비틀며 도를 휘둘렀다.

도에서 다섯갈래의 푸른 뇌기를 머금은 도기가 뻗어나와 무연의 주변을 에워쌌다.

콰가강!

'한걸음.'

무연의 몸이 일순 비틀거리듯 휘청거렸다.

우득―!

팽우영의 신형이 뒤로 주르륵 밀려났다.

그는 급히 왼손으로 허리를 감쌌다.

'이런, 갈비뼈가 부러졌다.'

단 한번의 발길질에 갈비뼈가 부러진 팽우영은 자신의 도기를 피하고 공격해온 무연을 보았다.

비틀거리듯 휘청이던 무연의 신형이 엄청난 속도로 자신에게 다가왔다.

안력을 돋구어도 제대로 보이지 않는 속도.

"어린놈의 실력이 제법이구나!"

호기롭게 외치며 도를 휘둘렀지만, 팽우영은 답답했다.

점점 무연이라는 사내에게 자신이 밀리는 것 같았다.

이를 악문 팽우영이 도를 크게 들어올렸다.

'오호단문도(五虎斷門刀) 탈백혼도(奪魄魂刀).'

팽우영의 도에서 푸른 뇌기가 쩌저정― 하고 울렸다.

팽도천을 가두고 있던 지하감옥 전체를 울리는 뇌성과 함께 팽우영의 신형이 하늘로 번쩍 뛰어올랐다.

이 모든 모습을 지켜보던 무연이 두다리에 힘을 주었다.

'두걸음.'

무연이 딛고 있는 땅바닥에 금이 가기 시작했다.

동시에 무연의 허리가 크게 돌아가며 왼손을 앞으로 쭈욱 뻗었다.

오른팔은 허리 뒤로 크게 돌아갔고, 시선은 하늘로 올라 뇌기를 뿜는 도를 내리찍는 팽우영에게로 향했다.

"으합!"

팽우영의 도가 뇌전을 뿌리며 무연을 내려찍었다.

무연의 허리가 크게 돌아가며 그의 오른팔이 팽우영에게 찔러 들어갔다.

푸른 뇌강기를 머금은 팽우영의 도와 무형무색인 무연의 권강기가 허공에서 맞부딪쳤다.

콰가강!!


\* \* \*


팽유성과 팽도천을 데리고 나온 한소진은 귀가 찢어질 듯한 뇌성과 폭음성에 고개를 핵 돌렸다.

하지만 발걸음은 멈추지 않았다.

'무연…….'

방해된다며 자신을 보낸 무연에게서 느낀 기운은 이제껏 느껴본 적이 없는 거대한 거력이었다.

한소진은 입술을 강하게 깨물며 앞으로 내달렸다. 지금은 무연을 믿어야 했다.

하지만 한소진의 발걸음은 얼마 못 가 멈추고 말았다.

"제, 제기랄……."

쉿소리를 낸 팽도천이 절망적으로 앞을 바라봤다.

지하감옥의 입구이자 출구에 이미 수많은 팽가의 무인들이 지키고 서 있었다.

누구도 들어오거나 나갈 수 없을 만큼 단단하고 견고한 벽이 세워져 있었던 것이다.

"잠시."

팽유성을 팽도천에게 살며시 건네준 한소진이 허리춤에서 검을 유려하게 뽑아냈다.

"싸… 싸울 셈인가……."

"여기서 멈출 순 없으니까요."

"잠시 기다리게. 내가 말해보지……."

검을 뽑아낸 한소진. 팽도천이 팽유성을 한소진에게 맡긴 후 앞으로 나섰다. 팽도천은 비틀거리면서도 벽에 몸을 의지하며 힘겹게 앞으로 나아갔다.

"멈춰라!"

그를 발견한 팽가의 무인이 팽도천을 막아섰다.

"나… 나는 팽도천이네. 혹시 나를 모르는가?"

"팽도천… 어르신?"

팽도천을 알아본 무인 한명이 앞으로 나섰다. 그의 모습에 팽도천이 고개를 천천히 끄덕이며 말했다.

"그래. 나 팽도천일……."

"비켜라! 모두 물러서! 저자는 죄인이다. 죄를 짓고 지하 감옥에 수감된 죄인이란 말이다! 너희들이 알고 있는 팽도천은 죄인이야!"

팽도천의 말을 끊은 팽영준이 발악하듯 외치며 앞으로 나섰다.

"조용히 감옥으로 돌아가라! 팽도천! 조용히 들어간다면 이번 탈옥은 눈감아주도록 하지!"

"하북팽가의 팔장로 중 한명인 팽영준이군… 네놈도 내가 죄인이 아니라는 사실을 알고 있을 텐데…? 진실이 무엇인지 말이야!"

"닥쳐라! 주화입마에 빠져 무인들을 살해한 네놈이 뭐가 떳떳하다는 게냐!"

팽영준의 살벌한 말에 팽도천이 비릿한 조소를 흘리며 말했다.

"살해라… 주화입마라… 자! 봐라! 팽가의 무인들아! 내가 정녕 주화입마에 빠진 것으로 보이느냐?! 내가 정말로 주화입마에 빠졌다면 지금 이렇게 온전한 정신으로 말을 할 수 있겠느냐?!"

그의 간절한 외침에 팽가의 무인들이 수군거렸다.

그들은 주화입마에 빠져 광인이 된 자는 이지를 상실하고 오로지 살육에만 관심을 가진다고 알고 있었다.

헌데, 지금의 팽도천은 광기는커녕 냉정하고 간절해 보였다.

그들이 평소 알던 팽도천의 모습과는 전혀 다른 모습에 혼란스러워하자, 팽영준이 도를 뽑아내며 앞으로 나섰다.

"더 이상 혼란을 주지 마라, 팽도천! 목숨이 중하거든 어서 감옥으로 들어가라!"

터벅!

한소진이 팽도천의 앞에 섰다. 그녀는 검을 아래로 내리깔며 팽영준을 바라봤다.

그녀의 등장에 팽영준이 눈매를 가늘게 뜨며 한소진을 응시했다.

"네년은 누군데 팽가의 일에 관여하는 게냐? 설마 팽도천의 탈옥에 네가 일조한 것이냐? 네년이 벌인 짓이냐?"

팽영준의 물음에 한소진은 아무 대답도 하지 않았다.

그저 검을 들지 않은 손에 팽유성을 안고 그들의 앞에 섰다.

"이 아이는 팽도천의 아들 팽유성입니다. 아버지 팽도천을 만나게 해준다는 말을 듣고 지하감옥으로 내려와 갖은 폭행을 당한 후 개처럼 쇠사슬에 목줄을 걸어 팽 어르신과 함께 감옥에 갇혔습니다."

아직도 혼절해 있는 팽유성을 보며 팽가의 무인들이 인

상을 굳혔다.

그녀의 말대로 팽유성의 상태가 좋지 못했다. 온몸은 피
멍과 피딱지로 가득했다.

"기혈의 흐름이 고르지 않고, 숨소리가 점점 거칠어지고
있습니다. 곧 목숨을 잃을지도 모르죠……."

잠시 숨을 고른 한소진이 재차 입을 열었다.

"아직도 무엇이 옳은 것인지, 무엇이 잘못된 건지 모르
겠습니까?"

나직하면서도 조용한 한소진의 말은 지하감옥에 울려퍼
졌다.

그때, 팽가 무인 중 한명이 앞으로 나서며 팽영준을 향해
말했다.

"팽영준 장로님, 이게 도대체 어찌된 일입니까?"

"뭐?"

팽영준이 고개를 돌려 팽가의 무인을 바라봤다.

그를 비롯한 수많은 무인들이 팽영준에게서 진실을 요구
했다.

이를 보던 팽영준이 인상을 찌푸리며 말했다.

"진실을 원하……."

콰—앙!

순간 거대한 폭음성에 지하감옥이 흔들렸다.

거대한 모래먼지가 팽도천이 수감되어 있던 감옥에서부
터 시작되어 지하감옥을 빠르게 뒤덮었다.

모래먼지가 모두의 시야를 가린 순간 팽영준의 신형이 빠르게 팽도천을 향해 쇄도해갔다.

'이놈, 팽도천 이놈만 죽이면 모든게!'

카앙!

불똥이 튀어올랐다.

팽영준은 자신의 도를 막아선 검 한자루를 발견하고 미간을 좁혔다.

"네년이……!"

한소진의 검이 팽도천을 베려는 팽영준의 도를 막아선 것이다.

"이미 끝난걸 아직도 모르나?"

한소진의 말에 팽영준이 광기 젖은 미소를 지었다.

"끝?! 끝이라고?! 아니! 아직 끝나지 않았어! 네년과 팽도천만 이곳에서 죽으면 진실을 아는 자는 단 한명도 남지 않아!"

"그래서 끝이라는 거다."

"뭣?!"

팽영준의 눈이 점점 커졌다.

한소진의 눈이 붉게 물들었다.

동시에 한소진의 검에서 검붉은 색의 강기가 피어올랐다.

어린 나이에 이룰 수 없는 성취.

한소진의 검에서 검강이 피어올랐다.

"나는 아직 죽을 수 없거든."

카아앙!

그그그극—

팽영준의 도가 검붉은 검강에 의해 잘려나갔다.

힘없는 팽도천을 벨 요량으로 팽영준은 도에 도강을 펼치지 않았다. 강기를 머금지 않은 도신이 한소진의 검강을 머금은 검을 버티지 못하고 잘려나간 것이다.

"제기랄!"

카앙—!

반 토막 나며 날아가는 도를 보며 팽영준의 얼굴이 창백하게 변했다.

'붉은 눈동자, 검붉은 검강… 설마!'

뒤덮인 모래먼지 속에서 붉은 안광이 팽영준을 향해 다가왔다.

"마교……!"

푸확—!

팽영준의 목이 허공을 날았다.


"죽… 죽인 겐가?"

썩은 고목나무처럼 힘없이 쓰러지는 팽영준을 보며 팽도천이 물었다.

어느새 평소의 모습으로 돌아온 한소진이 팽도천에게 다가가 그를 부축했다.

"팽영준은 혈교의 사람입니다. 살려둔다면 위험해질 겁니다."

조용하고 나직한 한소진의 말에 팽도천이 고개를 끄덕였다.

그녀의 말대로 팽영준은 혈교라는 단체와 손을 잡은 인물이었다. 그를 살려두면 위험해지는 것은 당연지사였다.

하지만 팽도천의 걱정은 그게 아니었다.

"이곳은 하북팽가일세. 팽영준의 죄가 아직 밝혀지지 않았는데, 그가 정체를 알 수 없는 자에 의해 죽었다고 하면 도리어 우리가 위험해질 걸세."

"팽영준이 당신을 죽여도 그건 마찬가지입니다."

한소진은 지체 없이 팽도천을 부축한 뒤 팽유성을 안아 들고 발걸음을 재촉했다.

지하감옥을 뒤덮은 모래먼지가 사라지기 전에 지하감옥을 빠져나가야 했다.

안 그러면 팽가의 무인들이 조만간 팽영준의 시신을 발견할 테고, 한소진과 팽도천이 위험해질 것이다.

"콜록! 콜록! 팽 장로님과 팽도천을 찾아!"

팽가의 무인들이 안력을 돋우며 한소진과 팽도천을 찾았다.

하지만 통풍이 안 되는 지하감옥의 특성상 크게 일어난 모래먼지는 쉽게 걷힐 기미가 보이지 않았다.

"엇?!"

자신의 옆을 빠르고 은밀하게 스쳐가는 신형을 발견한 팽가의 무인이 소리쳤다.

"여기다! 내 뒤를 지나갔어!"

그의 외침에 팽가의 무인들이 시선이 빠르게 한곳으로 쏠렸다.

"들켰네."

팽도천의 말에 한소진이 고개를 끄덕이며 그를 빠르게 어깨에 들쳐맸다.

원래의 팽도천이라면 들쳐매는 것이 힘들었겠지만, 오랜 세월 갇혀 있어 제대로 된 영양공급이 되지 않은 육체는 매우 가벼웠다.

게다가 팽유성은 아직 어렸기에 내력을 끌어올린 한소진에게 큰 무리가 되지 않았다.

"빠르게 갑니다."

말을 마친 한소진이 발을 튕겼다.

곧 두개의 붉은점이 모래먼지를 뚫고 지하감옥의 출구를 향해 쏘아져갔다.


"무슨 난리야?"

안에서 큰 소란이 일자 지하감옥 밖에서 입구를 지키던 팽가의 무인들이 감옥의 문을 열었다.

그 순간 거대한 모래먼지와 함께 거대한 신형이 지하감옥을 뛰쳐나왔다.

"뭐, 뭐야?!"

거대한 신형. 아니 거대해 보이던 신형은 세개의 작은 신형이 모여 있었던 것이다. 이제는 늙고 비쩍 마른 중년인을 등에 업고 한손엔 어린아이를 든 여인이 땅에 사뿐히 내려앉았다.

파앗!

여인은 지체 없이 발을 튕겨 신형을 날렸다.

그 속도가 도저히 두 사람을 안아든 사람의 속도로는 보이지 않을 만큼 빨랐다.

"자, 잡아!"

당황도 잠시, 절대 누구도 지하감옥을 빠져나가게 해선 안 된다는 팽우영의 말을 떠올린 팽가의 무인들이 도망치는 여인을 쫓아 신형을 날렸다.

* * *

쿠구구구궁─!

모래먼지가 일순 터져나가며 팽도천이 수감되어 있던 감옥이 훤히 드러났다.

그 속에 엉망이 되어버린 무복을 입은 팽우영의 모습이 보였다.

비단으로 짠 도포는 이미 찢어지고 터져나간지 오래였다. 그 안에 입고 있던 무복도 찢어져 제 모습을 찾기 힘들었다.

"네놈은 누군데… 어떻게 그 나이에 이토록 패도적인 무공을 지닐 수 있는 게냐."

우드득—

오른손목을 돌리던 무연이 천천히 팽우영을 향해 걷기 시작했다.

무연 역시 성치 못한 모습이었다. 그가 걸치고 있던 검은 무복은 여기저기 찢겨나가, 그 사이로 피가 배어나왔다.

"시간이 없다. 빨리 끝내지."

무연의 무심한 한마디에 팽우영의 눈이 싸늘하게 변했다.

"마치 귀찮다는 듯 말하는구나. 시간이 없다고? 감히 대하북팽가의 가주 팽우영을 앞에 두고 무림맹의 용천단 따위가 여유를 부리는 것이냐?!"

"대하북팽가?"

무연이 차갑게 미소지었다.

"혈교와 손을 잡고 강시를 제련하려던 세가가 '대하북팽가'라니 웃기지도 않는군."

"닥쳐라……!"

이를 부드득 갈며 무연을 바라보던 팽우영의 시선이 뒤로 향했다.

다시 고개를 돌린 팽우영이 눈을 번뜩이며 무연을 응시했다.

"이곳이 없어지면 누구도 그 사실을 모른다."

광기 젖은 팽우영의 말에 무연이 얼굴을 굳혔다.

순간 팽우영이 자신의 도를 빠르게 무연에게 날렸다.

푸른 뇌기를 머금은 팽우영의 도가 무연의 바로 앞발치에 꽂혔다.

"쳇!"

무연이 몸을 뒤로 빠르게 날렸다.

순간 무연의 발치에 꽂힌 팽우영의 도에서 폭발이 일어났다.

쾅—!

팽우영의 도가 폭발하며 도신의 조각이 비수가 되어 사방팔방으로 날아들었다. 무연이 급히 소매를 휘저으며 도신의 조각을 쳐냈다.

무연이 뒤로 물러나며 도신을 쳐낼 때, 팽우영이 급히 신형을 날렸다.

"흐압!"

팽우영의 오른손에서 푸른 수강이 뿜어져나왔다. 그는 지체 없이 지하감옥의 한 모퉁이를 손바닥으로 내리쳤다.

팽우영이 손바닥으로 친 부분이 움푹 꺼지며 기관이 움직이는 소리가 기괴하게 지하감옥을 울렸다.

"흐흐흐! 이곳이 곧 네 무덤이 될게다!"

말을 마친 팽우영이 빠르게 지하감옥을 벗어났다.

무연이 그를 놓치지 않기 위해 급히 신형을 날리려 했지만 그러지 못했다. 급히 오른발을 뻗어 땅을 딛고 신형을 유지했다.

"흡……."

내력의 고갈. 삼할밖에 남지 않은 내력이었다.

초절정의 무인인 팽우영과 싸움을 벌이느라 거의 다 써버린 내력이 한계를 알려왔다.

"때가 좋지 않군."

멀어지는 팽우영을 보던 무연이 곧 위를 쳐다보았다.

기관이 움직이는 소리와 함께 천장이 쩌저적— 소리를 내며 갈라지기 시작했다.

곧 천장이 움푹 꺼지며 지하감옥으로 내려앉을 것이다. 팽우영의 말대로 이곳은 무연의 무덤이 될 것이다.

쿠구구궁—

이런 긴박한 순간 속 무연은 두눈을 감았다. 그리고 천천히 숨을 들이마셨다.

"여, 여기서 나가! 지하감옥이 무너진다!"

팽가의 무인들은 지하감옥이 무너지는 것을 보고 급히 그곳에서 빠져나갔다.

"비켜라!"

그리고 그들 사이로 팽우영이 엄청난 속도로 비켜 지나가 지하감옥을 빠져나갔다.

팽우영이 지하감옥을 빠져나오는 순간, 입구가 무너지며 땅이 움푹 꺼졌다.

미처 빠져나오지 못한 팽가의 무인 몇 명이 토사와 함께 땅으로 빨려 들어갔다.

이들을 구출하려 팽가의 무인들이 손을 뻗었지만, 팽우영이 그들을 저지했다.

"안타깝지만 저들을 구하려다간 너희의 목숨이 온전치 못할 것이다."

"하지만!"

"그만둬라. 저들보다 더 큰 위험이 있다. 혹시 계집과 꼬마애 그리고 팽도천을 보지 못했나?!"

팽우영의 물음에 팽가의 무인 중 한명이 나서며 말했다.

"지하감옥에서 빠져나와 천소단원들이 머물고 있는 별채 쪽으로 향했습니다. 몇 명의 무인들이 그들을 쫓아갔습니다."

"흠! 그래. 알겠다. 무인들을 모아 별채로 오도록!"

"알겠습니다! 아 그리고……."

신형을 외당 쪽으로 날리려던 팽우영이 무인의 더듬거림에 짜증을 내며 고개를 돌렸다.

"뭐냐?!"

"패, 팽영준님이……."

"팽영준이 뭐!"

"죽었습니다."

무인이 가리킨 곳에 팽가 무인들이 꺼내온 팽영준의 시신이 눈에 보였다.

"머리는 보이지 않아 찾을 수 없었습니다."

목이 잘린 팽영준의 시신을 보던 팽우영이 고개를 끄덕였다.

"그래. 알겠다. 죄인과 그들이 하북팽가를 빠져나가지 못하도록 해야 한다!"

"알겠습니다."

"가자!"

말을 마친 팽우영이 팽가의 무인들과 함께 별채로 몸을 날렸다.

외당으로 가서 상황을 알리려 했지만, 별채쪽이 더욱 급해 보였기 때문이다.

'팽도천이 그 몸으로 팽영준을 죽였을 리는 없다. 팽유성은 생각할 가치도 없고. 남은건 그 계집…….'

팽우영은 무연과 함께 있던 검을 든 여인, 한소진을 떠올렸다.

'무연이란 놈의 수준은 나를 상회했다. 그 계집도 보통은 아니었겠지만 설마 팽영준을 죽일 줄이야… 심상치 않다. 이대로 가다간 하북팽가가!'

팽우영이 더욱 다리에 힘을 주며 몸을 앞으로 날렸다.

\* \* \*


"무슨 일로 천소단원을 한데 모았는지 이유를 알려주겠

소?"

천소단원이자 제갈세가의 무인인 제갈악이 운현을 보며 물었다.

운현은 한데 모여 있는 천소단원을 보며 입을 열었다.

"지금부터 내가 하는 말을 잘 들어주게. 지금 우리는 큰 위험에 빠져 있네."

운현의 말에 천소단원들이 웅성거렸다.

지금 그들이 있는 곳은 오대세가의 한축이자 명문세가인 하북팽가의 안쪽이었다.

그런데 그들이 위험에 빠졌다니? 이해가 가지 않는 말이었다.

그들의 웅성거림을 남궁청이 손을 들어 막았다.

"조용히하고 말을 끝까지 들어주게. 그럼 우리가 왜 이런 말을 하는지 알 수 있을 걸세."

남궁청의 말에 웅성거림이 잦아들고 곧 조용해졌다.

조용해지자 운현이 남궁청에게 눈인사를 한 뒤 그들을 향해 다시 입을 열었다.

"믿기지는 않겠지만, 지금 하북팽가에서 커다란 음모가 일어나고 있네. 그 음모가 하북팽가의 어디서부터 어디까지 이어져 있는지 나도 알 수는 없지만, 그 위험으로부터 우리를 지키기 위해 이렇게 천소단원을 한데 모은 것이네."

"음모라니! 오대세가의 한축인 하북팽가에서 무슨 음모

가 일어난단 말인가?"

"그것은 차차 알게 될 걸세. 지금은… 힘들겠지만 나를 믿고 힘을 합쳐주게."

모두가 운현의 말에 혼란스러워하고 있을 때 제갈악이 앞으로 나섰다.

"알겠네. 운현 자네가 그리 말한다면 이유가 있겠지."

"고맙네."

고개를 끄덕인 제갈악이 신형을 돌려 천소단원을 내려다보았다.

"나도 무슨 일인지는 알 수는 없으나. 지금은 운현의 말을 믿는 것이 좋을 것 같네. 우리가 무슨 짓을 벌이자는 게 아니라 단지 힘을 합쳐 앞으로 다가올지도 모르는 위험에 대비하자는 것이네. 위험하고, 부도덕한 짓을 할 일이 없지 않은가?"

제갈악의 신중하고도 강직한 말에 모두가 고개를 끄덕였다.

하지만 그들 중에서도 거칠게 말하는 자들이 있었다.

"감히 우리 세가를 욕보이는 것인가!"

열다섯 명의 무인들. 팽가 특유의 무복을 입은 그들은 하북팽가의 무인이면서 천소단의 천소단원이었다.

그들의 등장에 운현이 고개를 저으며 말했다.

"말하지 않았는가. 내가 어찌 하북팽가를 욕보이겠는가. 하북팽가를 노린 음모를 저지하고, 그 음모로부터 천소단

164

원을 지키기 위해 한데 힘을 합치자는 것일세."

"누가 감히 하북팽가를 대상으로 일을 꾸민단 말이야?!
내 당장 가주님께 가서 이번 일을 고할 것이네!"

그들은 막무가내였다. 애초에 사문의 충성도가 남다른
팽가의 무인 특성상 그들은 운현의 말을 들으려 하지 않았
다. 가주인 팽우영을 만나겠다고 아우성쳤다.

그들로 인해 다시금 천소단원들이 혼란스러워하자 남궁
청이 운현에게 다가와 말했다.

"보내주게. 어차피 저들도 하북팽가의 무인이야. 저들을
죽이기야 하겠는가."

"그도 그렇지만……."

"이곳에 모두 모여서 무엇을 하고 계십니까?"

운현과 남궁청이 고민하는 사이 그들을 향해 누군가 다
가왔다.

중년 사내의 목소리였는데, 고개를 돌린 운현과 남궁청
은 나타난 남자가 매우 낯익은 걸 알 수 있었다.

"팽 대협?"

그는 팽유성을 데리러 왔던 팽철이었다.

그의 등장에 기다렸다는 듯이 하북팽가의 무인들이 팽철
에게 뛰어갔다.

"팽철 장로님!"

장로라는 말에 남궁청과 운현의 고개가 다시금 홱 하고
돌아가 팽철을 바라봤다.

"무슨 일이냐?"

팽철의 물음에 하북팽가의 무인이자 천소단원인 그들이 운현 일행을 가리키며 말했다.

"저들이 하북팽가에서 모종의 일이… 음모가 벌어지고 있다 했습니다. 그래서 천소단원을 한데 모아 힘을 합쳐야 한다고 맹의 천소단원들을 선동하고 있습니다."

팽가 무인의 말에 팽철이 고개를 끄덕이며 턱을 매만졌다.

"호오. 그런 일이 있었군."

"그렇습니다. 저런 자를 가만둘 수는 없습니다!"

팽가 무인의 외침에 팽철이 운현과 남궁청을 돌아봤다.

무심한 그의 시선에 운현은 저도 모르게 허리춤에 손을 가져다댔다.

"아무래도 운 소협과 남궁 소협이 뭔가 오해를 하고 있는 것 같군요. 무슨 음모가 벌어지고 있다는 겁니까?"

팽철의 물음에 운현이 쉽사리 입을 열지 못하고 남궁청을 바라봤다.

남궁청은 운현을 마주 보고 있다가 팽철을 향해 고개를 돌렸다.

어차피 틀어진 일, 밑져야 본전이었다.

"하북팽가가 강시를 만들고 있다는 소문이 도는데, 사실입니까?"

강시라는 말에 모든 천소단원이 입을 다물고 팽철을 바

166

라봤다.

그만큼 중원에서 강시는 예민하기 그지없는 문제였다.

남궁청의 물음에 팽철이 잠시 멍하니 그를 바라보다 갑자기 박장대소했다.

"하하하하!! 설마 그것 때문에 이리들 모여 있으신 겁니까?"

팽철의 말에 남궁청이 눈매를 좁히며 그를 바라봤다.

하지만 팽철은 웃음을 멈추지 않고 웃으며 말했다.

"하하! 대체 그런 얼토당토않은 말은 누구한테 들은 겁니까?"

팽철의 물음에 운현은 답하지 않고 한발 앞으로 나서며 말했다.

"유성이는 지금 어디 있습니까?"

"유성이? 그 아이는 외당에 있습니다. 왜 그를 찾는 거죠?"

"그럼 지금 유성이를 데려와 봐도되겠습니까?"

그 질문에 팽철이 웃음을 지우며 무심하게 운현을 바라봤다.

"그 아이는 지금 피곤하여 낮잠을 자고 있을 텐데요."

"그 소문의 출처가 바로 유성입니다. 그럼 진위를 밝히기 위해서는 유성이가 꼭 필요하죠. 그러니 데려와도 되겠습니까?"

"그 아이가 또 그런 못된 거짓말을 하고 다녔나보군요.

그 아이는 허풍쟁이입니다."

이죽거리는 팽철의 말에도 운현은 물러서지 않았다.

"유성이를 데려와도 되겠습니까?"

운현의 말에 팽철이 얼굴에서 완전히 미소를 지웠다. 그가 한없이 차가워진 얼굴로 운현을 향해 말했다.

"이곳은 하북팽가다! 언행을 조심하지 않으면, 제아무리 천소단원이자 송월의 제자라 하더라도 용서할 수 없다."

차가워진 팽철에 운현이 미소지으며 말했다.

"왜 유성이를 못 보게 하는 걸까요. 팽 장로님… 이유는 두가지겠죠. 제 말이 사실이거나, 유성이가 지금 외당에 없거나. 둘 중 어느 것이 진실입니까? 전자? 후자? 아니면 둘 다?"

말없이 운현의 말을 듣던 팽철이 고개를 끄덕였다.

"그래. 네가 정녕 유성이를 봐야 믿겠다면 데려오도록 하마. 헌데 만약 네 말이 거짓이라면, 그에 대한 합당한 대가를 치를 준비는 되어 있겠지?"

의미심장한 말에 운현과 남궁청이 굳은 표정으로 팽철을 바라봤다.

그때 한 신형이 바람같이 날아와 내려앉았다.

"한 소저?"

내려앉은 신형을 알아본 운현이 눈을 크게 떴다.

땅에 내려앉은 이는 한소진과 그녀가 업은 팽도천 그리고 팽유성이었다.

그들을 발견한 팽철이 두눈을 크게 떴다.

화설이 별채에서 빠져나와 한소진과 팽도천을 부축했다. 모용현이 뒤이어 나와 팽유성을 안아들었다.

"지금 당장 치료가 필요해."

한소진의 말에 모용현이 고개를 끄덕이며 팽유성을 안고 별채로 들어갔다.

화설에게 의지해 겨우 선 팽도천이 놀라 두눈을 부릅뜨고 있는 팽철을 보며 입을 열었다.

"팽철… 오랜만이군."

"패, 팽도천… 어떻게 네가?"

천소단원 중 한명인 제갈악이 운현의 옆에 섰다.

"무림맹 천소단의 단원이자 제갈세가의 부가주, 제갈주공의 아들 제갈악입니다. 하북팽가의 팽철 장로님. 이 상황에 대해 설명해주셔야겠습니다."

제갈악의 물음에도 팽철의 시선은 팽도천에게서 움직일 줄을 몰랐다. 그는 떨리는 목소리로 물었다.

"팽도천. 어떻게 지하감옥을……."

"나를 도와준 이들이 있었지. 팽철… 도대체 팽우영과 무슨 짓을 벌인 것이냐? 하북팽가를 상대로 무슨 짓을 벌이는 것이냐!"

간절하고도 분노 어린 팽도천의 외침에 팽철이 고개를 저으며 도를 쥔 손에 힘을 주었다.

"너는 이곳에 있으면 안 된다. 팽도천. 이곳은 네가 있을 곳이 아니야."

"내가 있을 곳은 하북팽가다! 나는 하북팽가의 무인이고! 하북팽가의 도(刀)이다! 네놈들이 혈교와 손을 잡고 하북팽가를 장악하려 한다면 내가! 이 팽도천이! 목숨을 걸고 막아낼 것이다!"

팽도천의 외침에 하북팽가의 무인들이 멍하니 팽철을 보며 물었다.

"어, 어찌된 겁니까?"

상황을 이해하지 못하는 팽가 무인들의 모습에 팽철이 도에 내력을 주입시켰다.

츠아악!

가장 앞에 서 있던 팽가 무인의 목이 허공을 날았다. 팽철의 도가 그의 목을 잘라낸 것이다.

곧 팽철의 눈이 붉게 물들어갔다.

"단 한명도… 이곳에서 빠져나가지 못할 것이다."

싸늘한 팽철의 말에 천소단원들이 그를 향해 검을 겨누었다.

그들도 바보는 아니었다. 이제 그들이 누구와 싸워야 하는지 알아차린 것이다.

한소진이 검을 뽑아내며 운현의 옆에 섰다.

"무연은?"

"팽우영과 함께 있다."

운현이 입술을 잘게 깨물며 눈앞의 팽철을 바라봤다.

피어오른 도강을 보면 최소 절정의 무인이다. 팽가의 장로인 만큼 손쉬운 상대가 아니었다.

"무슨 짓들이냐!"

그때 거대한 노호성과 함께 팽우영이 모습을 드러냈다.

그의 뒤로 수십명의 하북팽가 무인들이 나타났다.

"팽우영……!"

팽우영의 등장에 운현과 한소진 그리고 남궁청의 얼굴이 굳어졌다.

그가 지금 이곳에 있다는 것은…….

"무연……?"

무연이 패배한 사실을 믿을 수 없는 운현이 고개를 저었다.

그가 알고 있는 무연은 팽우영에게 패할 리가 없었다.

하지만 그때 운현은 한가지 사실을 떠올렸다.

'무연의 내력의 한계는 삼할… 만약 그때까지 승부가 나지 않았다면.'

무공의 근간이 되는 것은 내공이다. 그리고 그것을 발현시켜주는 것은 내력이었다.

내력의 수준과 양이 곧 무공의 힘이 되었다.

무연의 무공은 그 누구도 따라올 수 없을 만큼 막강했지만, 내력이 한없이 부족했다.

실력은 무연이 팽우영을 앞서지만, 내력의 수준은 팽우영이 무연을 앞섰다.

결국 시간이 지날수록 유리한 것은 팽우영이었다는 뜻이다.

"그가 죽었을 리 없어. 혼란스러워하지 말고 눈앞의 상대에 집중해."

한소진의 말에 운현이 고개를 끄덕였다.

"알았어."

말을 마친 운현은 검을 쥔 손에 힘을 주었다.

그때, 품속에서 한 물건의 존재가 느껴졌다. 원통형의 물건.

'양형님이 주신……'

운현은 더 지체하지 않고 품속에서 원통형의 물건을 꺼내 하늘로 치켜들었다.

그리고 원통의 끝에 나와 있는 줄을 있는 힘껏 잡아당겼다.

파아앙!

화약이 터지는 소리와 함께 노란빛의 구체가 하늘로 날아올랐다.

＊　＊　＊

"저, 저기 신호탄이다!"

하북팽가의 장원 외곽에서 노숙하고 있던 개방의 무인들이 하늘로 떠오른 노란빛을 보며 급히 몸을 세웠다.

"신호다! 당장 맹에 이 사실을 알려!"

"알려라!"

개방의 무인들이 이리저리 날뛰며 분주히 움직였다. 그들은 재빠르게 전서구를 날림과 동시에 봉화대에 불을 피워 연기를 냈다.

피어오른 연기는 곧 다른 연기를 만들어내는 신호가 되었다. 곳곳에서 연기가 피어올랐다.

그리고 멀리서 이 모습을 지켜보는 이가 있었다.

거대한 신형을 가진 중년의 남자.

"노란빛의 신호탄… 그리고 봉화 연기라……."

용천단보다 먼저 하북팽가로 향한 광암이 하북팽가에서 일어나는 일련의 변화를 눈에 담고 있었다.

권도마수 광암, 그의 신형이 바람처럼 하북팽가로 향했다.

살풍경(殺風景)

　피를 흘리며 죽어 있는 팽가의 무인과 피 묻은 도를 든 팽철을 번갈아보던 팽우영이 팽철에게 다가섰다.

　그때 팽우영에게 팽가의 무인 중 한명이 본당에서 가져온 도를 그에게 건네주었다.

　팽우영은 허리에 도를 차며 팽철을 향해 말했다.

　"팽철 장로. 이게 어찌된 일인가?"

　팽우영을 바라보던 팽철의 시선이 팽도천을 향했다. 팽우영의 시선도 팽철을 따라 팽도천을 바라봤다.

　"팽도천… 팽가의 죄인이 여기서 뭘 하고 있는 게냐?"

　팽우영의 조용하고 무거운 목소리에 팽도천이 눈매를 좁

히며 그를 향해 말했다.

"죄인? 진정한 죄인이 누구인지 팽우영 네놈은 정녕 모르는 것이냐!"

비쩍 마른 몸 어디에서 그런 힘이 나오는 것인지 팽도천이 노기 어린 목소리로 크게 외쳤다.

그의 외침을 들으며 팽우영이 주변을 둘러보았다.

천소단원들이 자신들의 병장기를 빼들고 팽가와 대치하고 있었다.

그들의 눈빛에는 불신과 혼란스러움이 가득했다.

'이미 팽철 놈의 성급한 행동으로 돌이키기엔 너무 늦었구나. 방법은……'

팽철의 성급함에 의해 팽가의 무인이 팽가 장로의 손에 목숨을 잃었다.

하북팽가의 무인들에게 혼란과 동요를 야기시키지 않도록 팽철이 빠르게 손을 쓴 것이지만, 팽우영은 그의 행동이 얼마나 성급하고 멍청한 짓인지 알고 있었다.

이미 그들은 천소단원에게 신뢰를 잃어버린 상황. 이 상황에서 무슨 말을 하든 천소단원의 마음을 돌리기엔 역부족이었다.

'게다가 지하감옥에 잠입했던 년……'

팽우영의 시선이 한소진에게 향했다.

운현과 함께 선 그녀의 모습을 보아하니 이미 그들은 팽도천과 혈교에 대한 어느 정도의 진실을 알고 있는 듯했다.

'내가 어리석었구나. 저놈을 먼저 처리했어야 했는데…….'

자신의 안일함을 탓하며 팽우영이 눈을 감았다. 그리고 곧 입이 서서히 열렸다.

"팽가의 무인들은 들으라."

"예!"

하북의 패자. 가주 팽우영의 낮고 무거운 목소리에 하북 팽가의 무인들이 힘차게 답했다.

곧 팽우영이 서서히 감았던 눈을 떴다.

"지금부터 이곳 하북팽가에는 외부인이 존재하지 않는다."

하북팽가의 무인들이 떨리는 눈동자로 팽우영을 바라봤다.

팽우영의 말뜻이 무엇인지 알고 있기 때문이다.

하북팽가에는 외부인이 존재하지 않는다.

그 말은 곧, 천소단원의 말살을 의미했다.

"하지만……."

팽가의 무인 중 한명이 앞으로 나서며 팽우영을 보며 말했다.

어디까지나 하북팽가는 정파의 문파다. 제아무리 가주의 명령이고, 앞뒤 사정을 알지 못하지만 천소단원의 말살하는 건 부도덕한 행위임을 모를 리 없었다.

“하북팽가 가주의 가명(家命)이다.”

망설이던 팽가의 무인들이 자신들의 도를 뽑았다.

하북팽가 가주의 가명.

한 가주가 가주직을 맡고 있을 때 단 한번 내릴 수 있는 명령으로, 그 명령이 어떠한 것이든간에 하북팽가의 일원은 이를 목숨 바쳐 따라야 했다.

팽우영을 중심으로 도열한 하북팽가의 무인들이 도를 뽑아내며 내력을 끌어올렸다. 천소단원들 역시 뒤로 물러서며 내력을 끌어올렸다.

“가명… 가명이라고?”

팽도천이 믿기지 않는다는 듯 고개를 저으며 팽우영과 팽가의 무인들을 돌아보았다.

그들은 당장에라도 천소단원을 베어 죽이려는 듯 흉흉한 기세를 내뿜었다.

“가명?”

한소진이 옆에서 묻자 팽도천이 절망 어린 눈으로 말했다.

“단… 한번, 가주가 내릴 수 있는 절대복종 명령일세. 그게 어떤 명령이든… 하북팽가의 무인이라면 목숨을 바쳐 수행해야 하네.”

팽도천의 말을 들은 운현이 얼굴을 굳히며 팽가의 무인들을 바라봤다.

분명 눈동자는 흔들리고 있었지만, 가명이 내려진 이상

그들은 명령을 수행해야 했다.

명문세가와 무림맹 천소단원 간의 싸움. 어른과 아이의 싸움이요, 계란으로 바위를 이기겠다는 말이었다.

"도, 도망치게. 더 이상… 하북팽가는 희망도, 미래도 없네. 내가… 내가 막아보겠네."

떨리는 손으로 허공을 휘휘 저은 팽도천이 앞으로 비틀거리며 나섰다.

그의 눈가에는 맑은 눈물이 고여 있었다. 점점 흐려지는 시야로 하북팽가를 바라봤다.

'어찌 나의 세가가 이리 변해버렸는가. 무엇이 잘못된 거냐. 어째서 정파의 문파이자 오대세가의 한축인 하북팽가가 어린 무인들을 살해하려 하는가… 윽!'

비틀거리며 앞으로 나서던 팽도천은 우왁스럽게 잡아오는 손길에 의해 뒤로 밀려났다.

"뭐, 뭐하는…….''

바닥에 철퍼덕 쓰러진 팽도천이 고개를 들어 자신을 뒤로 밀쳐낸 이를 바라봤다.

수려하게 생긴 외모, 어찌 보면 곱상하게 생겼다고 할 만큼 준수한 운현이 희미한 미소를 지으며 말했다.

"하북팽가의 진실을 알고 있는 유일한 분이 바로 당신입니다. 팽유성과 함께 몸을 피하십시오."

"아니, 아니야! 자네들이 희생할 필요가 없네. 제발 하북팽가에서 도망치게."

드르륵—

별채의 문이 열리며 모용현이 나왔다.

"위험은 넘겼지만, 지금 빨리……."

팽유성을 돌보느라 밖의 상황을 몰랐던 모용현은 천소단원들을 향해 도를 겨눈 팽가의 무인들을 보고 눈을 동그랗게 떴다. 그를 보며 남궁청이 말했다.

"설이와 현이는 팽유성과 팽도천 어르신을 모시고 당장 하북팽가를 빠져나가."

"하… 하지만."

모용현이 고개를 저을 때, 화설이 거칠게 앞으로 나서며 말했다.

"아뇨. 오라버니들을 두고 갈 수 없어요. 저도 싸울……."

말을 막아서며 화설중이 화설의 앞에 섰다.

"아니. 설아. 청이의 말을 듣도록 해."

"그럴 수 없어요. 어찌 제가 오라버니를 두고 도망간단 말입니까."

"도망치라는 게 아니야! 우리를 버리고 가라는 건 더더욱 아니고! 진실을 전하라는 거야. 우리의 죽음을 헛되이 하지 않으려면 그래야만 해."

화설이 울먹이며 고개를 저었지만, 화설중은 웃으며 그녀의 머리를 쓰다듬어주었다.

그때, 팽우영의 우렁찬 목소리가 들렸다.

"단 한사람도 이곳에서 벗어나지 못하게 하라."

"예!"

팽가의 무인들이 몸을 날리며 도를 치켜들었다.

하북팽가의 거대한 힘이 천소단원을 향해 덮쳐왔다.

그때 하나의 신형이 번개처럼 나타나 바닥에 내려앉았다.

콰앙—!

거대한 폭음성과 함께 엄청난 기운이 하북팽가의 무인들을 밀어냈다. 때문에 천소단원을 향해 쇄도해가던 팽가의 무인들이 뒤로 튕겨져나왔다.

팽가의 무인들을 밀어낸 신형을 발견한 팽우영이 얼굴을 굳혔다.

"네놈은……."

서서히 걷혀가는 모래먼지 속에서 드러난 엄청난 근육과 상처들, 거대한 신형, 누구도 무시할 수 없는 존재감.

권도마수(拳道魔手) 광암.

그가 드디어 하북팽가의 앞에 나타났다.

고개를 치켜든 광암이 오연한 자태로 서서 주변을 스윽 둘러보다 팽우영을 향해 조용히 말했다.

"하북팽가의 가주, 팽우영… 이게 무슨 상황인지 내게 설명해주겠나?"

＊　＊　＊

무너져내린 지하감옥은 낮게 가라앉아 흉흉하기 그지없는 모양새였다.

엄청난 굉음을 듣고 찾아온 하북팽가의 시종들은 둘셋씩 모여 무너진 지하감옥을 구경하고 있었다.

"음…! 저, 저기 소… 손 아니야?"

가라앉은 지하감옥을 지켜보던 남자 시종 중 한명이 무너진 토사 사이로 살짝 드러난 손가락을 발견하고 놀라 외쳤다. 남자 시종의 말에 다른 시종들이 급히 뛰어나갔다.

어쩌면 무너진 지하감옥에 파묻혀버린 사람일지도 모른다는 생각에서였다.

급히 뛰어간 시종 중 가장 힘이 세고 덩치가 큰 사내가 드러난 손가락을 중심으로 땅을 파냈다.

점점 흙을 파낼수록 드러난 것은 사내의 군건한 팔뚝이었다.

"사, 살아 있는 건가?"

땅을 파내던 사내는 사내의 팔뚝을 보다 문득 의원들이 손목으로 맥을 짚는 것을 봤던 기억을 떠올렸다. 그의 손목에 손가락을 가져다댔다.

푸확—!

"으악!"

사내가 드러난 손목에 손가락을 대는 순간 대지가 울렁이며 터져나갔다. 때문에 덩치의 사내가 뒤로 튕겨졌다.

대지를 터트리며 등장한 이는 검은 머리를 허리까지 기른 검은 무복의 사내였다.

그는 땅에서 나오자마자 몸을 날려 별채로 향했다.

엄청난 속도로 쏘아져가는 사내를 어리벙벙하게 바라보던 덩치의 사내가 입을 열었다.

"사, 살아 있었구먼……."

\* \* \*

하북팽가 외당의 지붕.

광암과 비견될 만큼 거대한 신형이 서서 별채에 모여 있는 무인들을 바라봤다.

하북팽가의 무인이 당장에라도 모든 천소단원을 쳐죽이려 몸을 날렸지만, 어디선가 나타난 거대한 신형에 의해 튕겨져나갔다.

멀리 떨어진 외당에서도 느껴지는 찌릿한 존재감에 지붕에 선 장대웅이 미소지었다.

"호오. 일이 재미있게 돌아가는군. 굳이 교에서 손을 쓰지 않아도 알아서들 자멸하겠어."

장대웅의 시선이 별채로 향하는 길목으로 돌아갔다.

아무것도 느껴지지 않는 검은 무복의 사내가 별채로 향하고 있었다. 마치 장대웅의 시선을 느낀 듯 자리에 우뚝 멈추어 서더니 고개를 돌려 바라봤다.

상당히 먼 거리임에도 불구하고 사내는 장대웅을 정확히 바라봤다. 느껴지는 사내의 시선에 장대웅이 눈매를 좁혔다.

"어디선가 본 적이 있는 놈인데……."

알 듯 모를 듯한 사내의 얼굴에 장대웅이 눈매를 좁혀 바라봤다. 곧 사내의 신형이 눈 깜짝할 사이에 사라졌다.

안력을 돋운 상태였는데도, 어디로 갔는지도 모르게 사라진 사내에 장대웅이 인상을 찌푸렸다.

"그놈 참 재빠르군. 거리가 꽤 있었는데……."

두 팔을 가볍게 풀며 장대웅이 정면을 보고 중얼거렸다.

"이리도 빨리 올 줄이야."

말을 마치며 장대웅이 차갑게 미소지었다.

어느새 장대웅의 앞에 검은 무복을 입은 사내가 서 있었다.

\* \* \*

"어찌된 일인가. 팽우영."

팽우영이 굳은 얼굴로 광암을 바라봤다.

광암의 등장은 예상 밖의 일이었다.

대답하지 않는 팽우영을 뒤로하고 광암이 천소단원들을 돌아보았다.

각자의 병장기를 들고 내력을 끌어올리는 천소단원들의

모습에서 불안함과 혼란스러움 그리고 두려움을 엿본 광암이 이를 갈았다.

"감히 무림맹의 천소단원을 죽이려 했던 거냐?"

천소단원이 하북팽가에 도착한 후 그들을 이끌어주던 철도경 이겸과 장로들은 이미 맹으로 돌아간 상태였다. 남은 이들은 어린 천소단원들뿐이다.

그들의 겁에 질린 모습에 광암이 분노하여 묻자 팽우영이 앞으로 나섰다.

"광암. 왜 하북팽가로 온 거지?"

"맹주님의 명이 있었다. 도대체 네놈들은 뭘 꾸미기에 천소단원을 죽이려 한 거냐."

맹주라는 말을 듣고 얼굴을 굳히던 팽우영은 곧 뭘 꾸미냐는 물음에 도를 쥔 손에 힘을 주었다.

'맹주… 아직 확실한 건 모르는 것 같군. 광암과 천소단원을 처리하고, 대의를 앞당겨야 한다. 안 그러면 팽가가 무사하지 못해.'

생각을 마친 팽우영이 왼손을 내밀며 광암에게 다가갔다.

"광암. 뭔가 오해가 있는 것 같군?"

"뭐? 오해? 네놈들이 하려는 짓을 내 눈으로 직접 보았는데 오해라 하는 건가?!"

성난 모습으로 묻는 광암을 진정시키듯 손을 펴 위아래로 천천히 움직이며 팽우영이 조금 더 다가갔다.

"죽이다니, 내가 어째서 천소단원을 죽인단 말인가?"

미소지으며 다가오는 팽우영의 모습에 광암이 두손에 힘을 주었다.

점점 광암에게 다가가는 팽우영을 보던 운현이 외쳤다.

"조심하십시오!"

운현의 외침과 함께 팽우영의 도가 번개같이 광암의 목을 노리고 찔러 들어갔다.

아무런 소리도 들리지 않을 정도로 빠르게 쏘아진 도는 광암의 목을 꿰뚫을 듯했다.

카앙!

"흠!"

팽우영의 도신이 휘청거리며 튕겨나갔다.

어느새 뻗어진 광암의 무릎이 팽우영의 도신을 쳐올린 것이다.

생각보다 빠른 반응과 함께 느껴진 거력에 시간이 없음을 느낀 팽우영이 급히 외쳤다.

"명을 받들라!"

"존명!"

하북팽가의 무인들이 빠르게 천소단원을 향해 날아들었다.

두려워하고 불안해했던 천소단원이지만 어디까지나 그들은 명문문파의 유망한 후기지수요. 어릴적 숟가락과 함께 들기 시작한 것이 검인 자들이었다.

카가가강!

카앙!

수많은 쇳소리와 함께 하북팽가의 도와 천소단원의 검이 맞부딪쳤다.

수십개의 불똥이 허공을 날아다니며 빛을 내뿜었다.

혼란스러운 눈빛으로 천소단원과 하북팽가의 싸움을 바라보던 운현이 검을 들고 앞으로 나섰다.

"정말로 싸울 셈인가? 상대는 하북팽가일세!"

운현의 앞에 제갈악이 나서며 말했다. 그의 말에 운현이 자리에 멈추어 싸움을 벌이는 천소단원과 하북팽가의 무인들을 바라봤다.

하북팽가의 고수들이 도기를 방출시키며 도를 휘두르자 점점 천소단원들이 밀렸다.

"싸움이 시작되었네. 이미 멈출 수 없어."

운현과 남궁청 그리고 화설중이 앞으로 나섰다. 그 뒤를 한소진이 따랐다.

"미쳐가는군… 전부 다……."

대무림맹의 천소단. 그에 속한 어린 무인들인 천소단원과 오대세가의 한축이자 하북의 패자인 하북팽가의 싸움이 시작되었다.

\* \* \*

"너는 누구냐?"

장대웅의 물음에 검은 무복의 사내가 조용히 답했다.

"네가 알 것 없다. 그나저나 네 존재를 보아하니 이걸로 확실해졌군."

"내 존재?"

사내의 알 수 없는 말에 장대웅이 눈매를 좁히며 물었다.

그러나 사내는 질문에는 관심이 없다는 듯 천천히 장대웅을 향해 걸었다.

'기껏 모은 내력은 이할 뿐이다. 장대웅의 수준이 얼마나 높아졌는지는 모르나 긴 싸움은 내게 불리하다.'

양손을 빙글 돌리며 걷던 사내의 몸이 비틀거렸다.

"흡!"

퍼억!

장대웅의 신형이 뒤로 주르륵 밀려났다.

동시에 장대웅의 눈이 커지며 자신에게 주먹을 휘두른 사내를 바라봤다.

'보통의 힘이 아니다! 어디서 이런 놈이!'

뒤로 주륵 밀려난 장대웅이 두 다리에 힘을 주었다.

"이놈!"

장대웅의 신형이 바람과 같이 빠르게 사내에게 쇄도해 갔다.

장대웅의 무시무시한 속도에 사내가 두걸음을 빠르게 앞으로 나아갔다.

'세걸음.'

사내의 신형이 엄청난 속도로 빙글 돌며 오른발을 돌려 찼다.

사내의 오른발에 담긴 힘이 결코 적지 않음을 느낀 장대 웅이 자리에 우뚝 멈추어 섰다.

콰가가강—!

거대한 바람과 함께 외당 지붕이 터져나갔다.

겨우 오른발을 돌려찼을 뿐인데 거대한 힘에 의해 뜯겨 나간 듯 지붕이 흉흉하게 뜯겼다.

'네걸음.'

우뚝 멈추어 선 장대웅을 향해 사내의 신형이 번개처럼 날아들었다.

공중으로 뛰어오른 사내는 수직으로 발을 내리찍었다. 정신을 차린 장대웅이 그 모습을 보고 왼주먹을 하늘로 올 려쳤다.

콰앙!

사내의 왼발과 장대웅의 왼주먹이 허공에서 맞부딪쳤 다. 무시무시한 힘의 여파로 외당의 지붕이 움푹 꺼졌다.

쾅!

퍼벙!

움푹 꺼진 지붕 탓에 외당으로 빨려 들어가듯 떨어지던 사내와 장대웅의 주먹과 발이 허공에서 여러번 부딪쳤다. 거대한 파공음과 굉음이 만들어졌다.

둘의 주먹과 발이 부딪칠 때마다 주변 사물들이 터져나가거나 힘의 여파로 튕겨 날아갔다.

"흐읍!"

바닥에 내려앉은 장대웅의 신형이 번쩍 뛰어오르며 사내에게 날아들었다.

"이것도 받아보거라!"

오른손을 들어보인 장대웅이 바닥에 서서 자신을 바라보는 사내를 향해 손바닥을 일직선으로 찔러넣었다.

곧, 장대웅의 손에서 검붉은색의 거대한 장기가 만들어져 사내를 덮쳐왔다.

'혈연장(血燃掌)!'

장대웅이 쏘아보낸 혈연장에 사내는 급히 두팔을 들어 태극을 그리듯 허공에 원을 그리며 허리를 뒤로 돌렸다.

장기를 쏘아보낸 장대웅은 사내의 기이한 행동에 눈을 동그랗게 떴다.

'모여진 힘이 결코 적지 않다!'

사내가 만들어낸 두개의 원에서 작은 바람이 불어오며 두개의 회오리가 만들어졌다. 허리를 오른쪽으로 돌린 사내가 빠르게 제자리로 돌아오며 양주먹을 회오리의 중심부를 향해 찔러 넣었다.

장대웅의 혈연장과 사내의 양주먹이 맞부딪쳤다.

쾅—!!

엄청난 힘의 충돌로 바닥이 터져나갔다. 사내의 양주먹

에서 발현되어나간 거센 내력의 회오리가 혈연장을 찢으며 장대웅을 향해 날아들었다.

"흡!"

장대웅은 급히 두발에 힘을 주어 땅을 박찼다.

쿵!

방금까지만 해도 자신이 서 있던 자리에 거대한 구덩이가 생겨나며 터져나가자 장대웅이 눈살을 찌푸렸다.

"도대체……."

자신의 혈연장을 막아낸 걸로도 모자라 오히려 힘을 상쇄시키고 뚫고 나와 바닥을 터트려버렸다. 사내의 힘에 얼굴을 굳힌 장대웅은 양주먹에 힘을 주었다.

"봐주면서 상대할 녀석이 아니구나."

양주먹에 힘을 준 장대웅의 신형이 빠르게 사내에게 날아들었다.

검붉은색의 권강이 깃든 사내의 주먹이 짓누르듯 빠르게 수직으로 내리찍어왔다.

그 모습에 사내의 양주먹에도 권강이 발현되었다.

색이 거의 존재하지 않는 은백색의 기운이 사내의 양주먹에 깃들었다.

'다섯걸음.'

사내의 신형이 다시금 한발짝 앞으로 나섰다.

그 순간 사내의 온몸에 거센 기운이 소용돌이치듯 뿜어져나왔다.

그 모습에 사내를 향해 날아들던 장대웅은 불안감을 느꼈다.

'어디선가 본 적이 있는 듯한 모습…….'

하지만 이미 장대웅의 주먹은 사내를 압사시킬 듯 강하게 내리찍어온 후였다.

멈추기엔 너무 늦은 상황. 오히려 멈추었다간 사내의 반격에 당할 위험이 컸다.

멈출 수 없었다.

퍼억—!

"윽!"

장대웅의 신형이 활처럼 휘었다.

그의 복부가 움푹 들어가며 우드득—하는 뼈가 부러지는 소리가 들려왔다.

"이, 개……!"

퍼억—! 퍼억!

어깨와 허벅지에 강렬한 통증을 느낀 장대웅이 뒤로 빠르게 물러섰다.

마치 거대한 망치에 얻어맞은 듯 아찔한 고통이 어깨와 허벅지를 타고 온몸으로 퍼져나갔다.

하지만 장대웅은 정신을 바짝 차려야 했다.

사내의 신형이 빠르게 다가오고 있었기 때문이다.

'보이지가 않았다. 도대체 뭐에 어떻게 맞는지조차!'

사내의 주먹이 너무도 빨랐다.

안력을 돋운 자신조차 어떻게 어디를 때렸는지 볼 수 없었다.

'어리다고 얕본 내 실책이다.'

겉으로 본 사내의 모습이 너무도 젊어 그를 평가하고자 여유롭게 내력을 운용한 것을 후회한 장대웅이 온몸의 내력을 끌어올렸다.

'혈효(血淆).'

장대웅에게 다가가던 사내가 발을 멈추었다.

그의 상태가 점점 이상하게 변해갔기 때문이다.

애초에 곰과 같이 크던 신형은 조금씩 더 커졌고, 근육도 점점 핏줄이 돋아나며 커졌다.

게다가 그의 눈은 피로 색을 칠한 듯 붉게 변해갔다.

그 모습에 대해 알고 있는 사내가 얼굴을 굳히며 뒤로 물러섰다.

"하하!"

쾅—!

사내의 신형이 바닥에 부딪치며 튕겨나가 바닥을 굴렀다.

사내가 물러서는 것보다 빠르게 다가온 장대웅이 주먹을 휘둘렀다. 두팔을 들어 장대웅의 공격을 막았으나 힘의 차이에 의해 바닥에 처박힌 사내가 급히 뒤로 물러선 것이다.

"인정하마. 아마 네 또래에서… 아니, 중원을 통틀어 네놈만큼 강한 무인은 얼마 없을 것이다.”

“큭!”

사내의 허리가 빠르게 뒤로 젖혀졌다.

신형을 세우기가 무섭게 장대웅의 발차기가 사내의 머리를 노리며 날아들었다. 빠르게 반응한 사내가 허리를 젖혀 장대웅의 발차기를 피했다.

그렇지만 사내의 검은 무복이 터져나가며 몸이 빠르게 뒤로 밀려났다.

“쿨럭!”

검붉은 피를 토해낸 사내는 눈에 거의 보이지도 않을 정도로 빠르게 다가온 장대웅을 바라보다 신형을 빠르게 회전시켰다.

“흡!”

장대웅이 급히 왼팔을 들어 목과 머리를 보호했다.

퍼억!

주르르륵—!

장대웅의 신형이 빠르게 옆으로 밀려났다.

‘아직도 이런 힘이……!’

저릿한 왼팔에 장대웅이 얼굴을 찌푸렸다.

몸을 회전시킨 사내의 신형이 거짓말처럼 장대웅의 시야에서 사라졌다.

간신히 느껴진 대기의 흐름에 기민하게 왼팔을 들어 목과 머리를 보호했다. 단 한번의 발차기로 왼팔이 부러지고 말았다.

"그렇군… 네가 사혈문주를 죽인 놈이군."

단 한번의 수였지만, 장대웅은 알 수 있었다. 사혈문주를 죽인 정체 모를 일격의 주인공이 바로 사내라는 것을.

장대웅의 손에 깃든 강기가 더욱 짙은색을 띠며 거센 기운을 뿜어냈다.

"다시 한번 묻지. 나는 장대웅이다. 네놈은 누구냐?"

장대웅에게 혼신의 일격을 가하고 뒤로 물러선 사내가 양주먹에 힘을 주고 조용히 입을 열었다.

"무연."

＊　＊　＊

쾅—!

퍼벙!

두개의 신형이 빠르게 서로에게서 밀려나더니 이내 엄청난 속도로 다시 맞붙었다.

양팔이 보이지도 않을 정도로 빠르게 서로를 향해 뻗어나갔다. 양발은 서로를 견제함과 동시에 빠르게 땅을 박차며 움직였다.

두 신형에서 터져나온 힘의 충돌로 인해 외당은 흉흉하게 변해 있었다. 남아 있는 기물도 없이 건물 안이 평평해져 있었다.

"흡!"

거대한 신형의 남자, 장대웅은 뒤로 훌쩍 물러서며 혈연장을 날렸다.

장대웅이 빠르게 양손을 번갈아가며 펼치자 두개의 혈연장이 무연에게로 날아들었다.

몸을 뒤로 훌쩍 물린 무연의 오른발이 바닥을 힘차게 내리찍었다.

거대한 내력의 압박으로 인해 바닥이 터져나오며 장대웅의 혈연장과 부딪쳤다. 동시에 엄청난 굉음이 외당을 울렸다.

'믿기지 않는군. 이제 겨우 약관을 넘은 것 같은 어린놈이 혈효를 사용한 나와 비등하게 싸우다니.'

거산(巨山)이라 불리는 자신과 비등하게 싸우는 자가 존재하는 것도 놀라운데, 그것이 아직 어린 무인이라니 장대웅은 쉽사리 믿기지가 않았다.

하지만 현실이었다. 현실 속 사내는 혈연장의 폭발로 인해 뿌옇게 변한 외당의 모래먼지를 뚫고 자신을 향해 빠르게 쇄도해왔다.

푸드득—!

새의 날갯짓 소리가 요란하게 외당을 울렸다.

장대웅의 시선이 외당에 날아든 정체 모를 새를 향해 돌아갔다.

'흉매(兇魅)?'

혈교주의 애완매이자, 가끔씩 혈교의 장로들에게 급히 소식을 전할 때 보내오는 매였다.

흉매는 한마리가 아니고 총 다섯마리가 존재했다. 이번에 외당에 날아온 흉매의 머리에는 주홍색의 깃이 자라있었다.

'주홍색의 깃. 교주님이 가장 아끼는 흉매다.'

대기가 찢어질 듯한 소리가 장대웅의 귓가를 울렸다.

'아차!'

순간이나마 잊어선 안 될 상대를 잊어버린 대가는 결코 적지 않았다.

본능적으로 끌어올린 호신강기와 함께 빠르게 내력을 올리며 뒤로 물러섰다. 은백색의 강기가 깃든 무연의 주먹이 교차된 양팔과 닿는 순간 거력의 내력이 장대웅을 휘감았다.

"크윽!"

부웅──! 쾅!

장대웅의 거대한 신형이 빠르게 날아가 외당의 벽을 뚫고 날아갔다.

건장한 성인남자 허리둘레만큼이나 두꺼운 외당의 벽이 박살나며 커다란 장대웅의 신형이 바닥을 굴렀다.

"쿨럭!"

피를 토해낸 장대웅은 빠르게 다가오는 존재를 느꼈다.

"개같은……!"

장대웅의 신형이 빠르게 바닥을 훑었다.

"서로의 이름을 알려줬다는 건, 둘 중 한명은 여기서 죽는다는 말이지. 하지만 이번만큼은 그럴 수 없게 되었군."

장대웅의 말에 무연이 멈추어 섰다. 장대웅의 행동이 심상치 않았기 때문이다.

어느새 자리에 일어선 장대웅이 입가에 흐르는 피를 닦으며 미소지었다.

"너와는 꼭 결착을 짓고 싶었는데, 아쉽구나."

말을 마침과 동시에 장대웅이 오른팔을 들어 손바닥으로 바닥을 내리쳤다.

그러자 바닥이 터져나가며 움푹 꺼졌다. 외당에 만들어진 하북팽가의 뒷길이 열렸다.

무연이 몰래 잠입해 확인했던 뒷길이었다.

'애초에 장대웅을 위해 만들어둔 뒷길이었나?'

뒷길로 사라져버린 장대웅을 쫓으려 했지만, 굳센 철문이 여러 겹으로 닫히며 막혔다.

뒤이어 외당에서 우르르릉—! 하는 불길한 소음이 들려왔다.

급히 시선을 위로 한 무연이 얼굴을 굳혔다.

"이놈의 하북팽가는 툭하면 무너지는군."

외당이 움푹 꺼지며 급격하게 무너졌다.

\* \* \*

카앙—!

팽우영의 신형이 뒤로 주르륵 밀렸다.

'광암…! 역시 보통의 사내가 아니다!'

짜증 어린 얼굴로 광암을 바라보던 팽우영이 도를 쥔 손에 힘을 주었다.

광암과의 싸움을 빨리 끝내고 천소단원을 처리해야 했다.

이미 지하감옥의 일과 혈교와의 일을 들켜버린 이상 누구도 이곳에서 살아나가게 해선 안 되었다.

물론 천소단원의 죽음과 광암의 죽음을 무림맹에서 그냥 넘어갈 리 없었다. 철저한 조사와 유력한 용의자로 하북팽가를 지목할게 뻔했다.

하지만 이대로 무림맹에 팽가의 비밀이 알려진다면 멸문지화를 당하게 될 것은 불 보듯 뻔했다.

"이놈 팽우영!"

터질 듯한 근육과 양주먹에 깃든 무시무시한 권강이 대기를 찢을 듯한 강렬한 굉음을 내며 팽우영을 압박했다.

쾅—! 쾅—!

팽우영이 서 있던 자리의 바닥이 움푹 꺼지며 터져나갔다. 돌조각과 같은 파편들이 하늘을 비상했다.

하지만 이런 매서운 공격에도 팽우영은 도강을 두른 도를 휘두르며 광암의 주먹을 쳐내거나 빠르게 피해냈다.

"후웁! 후웁!"

답답한 것은 광암도 마찬가지였다.

팽우영은 하북팽가에서 역대로 가장 강하다고 알려진 초절정의 무인. 제아무리 광암이라 하더라도 쉬운 상대가 아니었다.

게다가 천소단원을 공격하기 시작한 하북팽가의 무인들에 의해 몇 명의 천소단원이 벌써 자리에 쓰러졌다.

이대로 계속 싸움이 이어지다간 모든 천소단원이 목숨을 잃을 것은 자명했다.

"도대체 왜! 무림맹을 상대로 싸움을 벌이는 것이냐! 팽우영! 정녕 멸문지화를 당하고 싶은 게냐!"

광암이 답답한 듯 외쳤다. 광암 그는 지금 이 싸움이 일어나게 된 이유를 몰랐다.

앞뒤 사정을 듣지 못한 채 팽가에 도착하자마자 천소단원을 공격하려는 팽가를 막아섰기 때문이다.

그러나 광암의 질문에도 팽우영은 아무 말도 하지 않은 채 도강을 머금은 도를 거세게 휘두를 뿐이다.

"이 개 같은 자식아!"

분노한 광암이 팽우영을 향해 날아들었다.

\* \* \*

카앙!

캉!

운현의 검과 한소진의 검이 팽철의 도와 맞부딪쳤다.

하지만 팽철은 하북팽가의 여덟장로 중 한명.

강기를 병장기에 발현시킬 수 있는 고수였다.

카앙!

"윽!"

운현의 신형이 뒤로 주르륵 밀려났다.

간신히 팽철의 도를 피하거나 막아내고는 있었지만, 그것도 아슬아슬하게 피해낼 뿐이었지 팽철을 상대로 우위를 가져오진 못했다.

그나마 한소진이 함께 싸워줬기에 팽철과 비등하게 싸울 수 있었다. 팽철을 상대하는 한소진은 답답해하며 입술을 깨물었다.

'내력을 일정 수준 이상 끌어올릴 수가 없다.'

문제는 그것이다. 한소진이 내력을 끌어올리는 순간, 팽철은 한소진에게서 이상함을 느낄 것이다.

그리고 얼마 안 가 깨달을 것이다. 바로 그녀의 전정한 정체에 대해서.

이곳은 중원 속 정파무림. 오대세가의 한축인 하북팽가의 장원이었다.

이런 곳에서 정체를 들키면 싸움을 이기더라도 그녀의 존재가 위험했다.

그러니 내력을 일정 수준 이상 끌어올릴 수 없는 점이 그녀의 발목을 잡았다.

"한 소저. 혹시 아주 약간만 시간을 벌어주실 수 있을까요?"

운현의 물음에 한소진이 바라봤다. 무언가를 결심한 듯 강직한 그의 눈빛에 한소진은 조용히 고개를 끄덕이며 말했다.

"오래는 못 버텨."

"알겠습니다."

뒤로 살짝 물러서는 운현을 유심히 바라보던 팽철이 앞으로 나서는 한소진을 바라봤다.

천소단원의 무복이 아닌, 검은 무복을 입고 있는 여인. 단 한번도 본 적이 없는 여인이었다.

"후우! 너는 천소단원이 아니군?"

팽철의 물음에 한소진이 고개를 끄덕였다. 팽철은 말 없는 한소진을 향해 도를 겨누었다.

"너희에겐 안타까운 일이지만, 단 한명도 하북팽가를 벗어날 수 없다."

팽철의 신형이 엄청난 속도로 한소진을 향해 날아들었다. 그 모습을 보던 한소진이 내력을 끌어올렸다.

뒤에서 운현이 무엇을 준비하고 있는지는 몰랐으나, 송월이 보증한 사내였다. 한소진은 그를 믿어보기로 했다.

거센 돌풍과 함께 내려찍어오는 팽철의 도에서 도강이 피어올랐다.

그 모습을 보던 한소진은 급히 허리를 뒤로 돌려 검을 쥔 손에 힘을 주며 내력을 끌어올렸다.

한소진이 서 있던 바닥에 금이 쩌저적— 갔다. 한소진의 눈동자가 점점 붉어지기 시작했다.

스릉—!

한소진의 허리가 돌아감과 동시에 붉은선이 팽철의 도를 향해 뻗어져나갔다.

카아앙——!

두눈을 부릅뜬 팽철은 붉어진 눈동자의 한소진과 붉은빛을 머금은 그녀의 검을 바라봤다.

물론 지금은 사라져 원래의 검은 눈동자로 바뀌어 있었지만, 팽철이 이를 놓칠 리 없었다.

"그 눈은……!"

팽철이 입을 열기 전 한소진이 빠르게 쇄도해갔다.

동시에 한소진의 검이 여러 갈래로 나누어지며 수많은 검신이 팽철의 몸을 난자하듯 베어 들어왔다.

"흐읍!"

생각보다 빠른 검에 놀란 팽철이 도를 휘둘러 한소진의 검을 쳐냈다.

담긴 힘은 그리 강하지 않았지만, 변초와 허초가 상당히 많았다.

마치 수많은 변초를 만들어내는 화산파의 매화검법을 보는 듯한 그녀의 검은 하나만 신경 쓰고 쳐낼 수준이 아니었다.

파바밧—

빠르게 뒤로 밀려난 팽철은 다시 빠르게 날아드는 한소진을 바라보며 눈매를 좁혔다.

'오호단문도(五虎斷門刀) 일광일도(一光一刀).'

팽철의 도에서 발현된 도기가 찬란한 빛을 내뿜었다.

일종의 기의 폭발이었는데, 예상보다 훨씬 강한 눈부심에 한소진이 눈매를 좁히며 소매를 들어 빛을 가리며 뒤로 물러섰다.

그때, 팽철의 도에서부터 뿜어진 도기가 엄청난 속도로 날아왔다.

"큭!"

찬란한 빛을 가르며 날아든 도기를 발견한 한소진이 급히 쳐내려 했지만, 반응보다 속도가 빨라 그녀의 소매를 스쳐 지나가며 왼팔을 베었다.

허공에 붉은 선혈이 피어오르며 잘려나간 검은 무복 자락이 휘날렸다.

하지만 다행히 본능적으로 뿜어진 호신강기가 그녀의 팔을 보호했다. 팽철이 급하게 운용하는 바람에 도에 담긴 기운이 많지 않아 왼팔이 잘려나가진 않았다.

"끝이다!"

물러서는 한소진을 향해 팽철이 날아올랐다.

예상치 못한 공격에 팔을 베인 그녀가 비틀거리는 사이

끝장내기 위해서였다.

"청월유성검(淸月流星劍)."

푸른빛의 검기가 팽철의 눈앞에 아른거렸다.

'아, 운현!'

예상보다 강렬한 한소진의 공격과 그녀의 붉은 눈동자에 정신이 팔린 나머지 운현의 존재를 까맣게 잊었던 팽철이 눈을 부릅떴다.

어느새 지근거리로 다가온 운현의 신형이 살짝 하늘로 떠오르며 그의 검이 반원을 그리며 수직으로 섰다.

"개벽(開霹)."

곧, 운현의 검이 벼락같은 속도로 팽철을 향해 반원을 그리며 베어왔다.

"크억!"

엄청난 속도와 위력. 팽철은 감히 운현의 검을 막을 생각도 하지 못하고 운현의 검에 의해 사선으로 베어졌다.

츠아악—!

팽철의 몸에서 붉은 선혈이 허공에 뿜어졌다.

서서히 팽철의 무릎이 꿇려지며 바닥에 내려앉았다.

"허억…헉……!"

생기를 잃어버린 팽철의 눈동자를 바라보던 운현이 두 눈을 질끈 감았다.

처음으로, 같은 정도의 길을 걷던 자를 베었다.

게다가 수준에 맞지 않는 검법인 개벽을 무리해서 전개

한 탓에 내력의 흐름이 온전치 못했다.

스윽—

어깨를 감싸오는 손길에 운현이 고개를 들었다.

"일어서. 아직 안 끝났어."

조용한 한소진의 말에 운현이 고개를 끄덕이며 자리에 일어섰다.

그녀의 말대로 팽철은 죽었지만, 싸움은 아직도 끝나지 않았다.

\* \* \*

쾅!

외당의 무너진 잔해를 뚫고 무연이 모습을 드러냈다.

그는 옷에 묻은 먼지를 털어내며 외당의 뒷길을 바라봤다. 얼굴을 찌푸리며 무연이 고개를 저었다.

무연은 시선을 돌려 별채로 향했다. 여기에서도 들릴 만큼 격렬한 싸움의 소리와 거대한 기의 충돌이 느껴졌다.

무연의 신형이 별채로 향해 빠르게 움직였다.

\* \* \*

"봉화 연기… 개방의 봉화 연기다."

도원의 말에 용천단원이 자리에 멈추어 봉화 연기를 바

라봤다.

봉화 연기는 일직선을 그리며 무림맹이 있는 하남을 향해 뻗어나가고 있었다.

"아무래도 심상치가 않구나. 이제부턴 빠르게 움직인다!"

"예!"

도원의 말과 함께 용천단원들의 신형이 빠르게 하북팽가를 향해 움직였다.

＊　＊　＊

"흐음……."

뒷길을 통해 하북팽가를 빠져나온 장대웅은 부러진 왼팔과 성치 않은 자신의 몸을 바라보며 피식— 웃었다.

"괴물같은 놈이 존재하는군. 비록 죽이진 못했지만 존재 자체를 알아낸 걸로도 큰 수확이다."

하지만 못내 아쉬운 듯 장대웅의 시선은 하북팽가에서 떨어질 줄을 몰랐다.

그때 익숙한 새 울음소리에 고개를 들자, 흉매가 그에게 다가왔다.

"교주님이 왜……."

장대웅은 자신의 팔에 가볍게 내려앉은 흉매의 다리를 살폈다.

역시 홍매의 다리에는 작은 서신이 돌돌 말아져 있었다. 그것을 꺼내 펼쳐보았다.

"호… 맹에서 용천단이 하북팽가로 향했다라. 알아서들 움직여 주는군."

일이 저절로 풀리는 것은 분명 좋은 일이었지만, 장대웅은 꺼림칙했다.

"헌데 어찌 하북팽가에 대해서 알아낸 거지? 게다가 사혈문주를 죽인 그놈… 사혈문과 하북팽가의 관계를 알고 있었던 건가? 게다가 맹의 복수라 한 것도 그렇고… 설마."

묘한 표정으로 하북팽가를 바라보던 장대웅이 신형을 돌려 급히 몸을 움직였다.

＊　＊　＊

"으악!"

천소단원이 쓰러졌다.

벌써 하북팽가에 무인수행을 행하러 온 천소단원의 삼할이 목숨을 잃었다. 그것도 하북팽가의 무인들의 손에 의해.

그나마 남궁청, 화설중 그리고 광암의 등장으로 떠나지 않았던 화설과 모용현이 한데 모여 거세게 반격했지만, 수준의 차이가 극명하게 드러났다.

팽가의 고수들이 휘두르는 도를 차마 막아내지 못한 천소단원이 검을 떨구며 바닥에 몸을 뉘었다.

물론, 천소단원을 베고 있는 하북팽가 무인들의 표정 역시 결코 좋지 못했다.

누가 보아도 부도덕한 일이었고, 잘못된 일이었다.

하지만 가명이 떨어진 이상 그들은 거부할 수 없었다.

"으으……."

복부와 허벅지를 베여 쓰러진 여무인이 울먹이며 하북팽가의 무인을 바라봤다.

"살려…주세요."

울먹이는 여무인의 간청에 팽가의 무인이 눈을 질끈 감으며 도를 치켜들었다.

"미안……."

팽가무인의 도가 빠르게 여무인을 끝내기 위해 반원을 그리며 베어져 왔다.

"어……?"

아무런 감촉이 느껴지지 않자 팽가의 무인이 눈을 동그랗게 뜨고 자신의 도를 바라봤다.

도신의 길이가 반으로 줄어 있었다. 저절로 줄어들리 없는 도를 어리둥절하게 바라보던 팽가의 무인은 어느새 자신의 옆에 서 있는 검은 무복의 사내를 발견했다.

"난장판이군."

반쪽 길이의 도를 손에 쥔 무연이 바닥에 도신 조각을 내던져 꽂은 후 주변을 둘러보았다.

눈물을 지으며 서로를 죽이고 베는 이들의 모습을 무심히 바라보던 무연이 팽도천을 찾아 다가갔다.

팽도천은 믿기지 않을 정도로 빠르게 자신에게 다가온 무연을 발견하고 입을 열려 했다. 무연은 팽도천이 말할 시간을 주지 않고 그를 들쳐 메고는 전장의 한복판으로 신형을 날렸다.

전장의 중심에 도착한 무연은 팽도천을 내려놓으며 그를 바라봤다.

"이제 하북팽가의 존폐는 네게 달렸다."

"내, 내가 어떻게?"

"하북팽가를 구하고 싶지 않나?"

무연의 물음에 팽도천이 비쩍 마른 얼굴로 급히 고개를 끄덕였다.

"내 목숨을 바쳐서라도 구하고 싶네."

"그럼 그 각오로."

무연의 오른다리가 직각을 그리며 들어올려졌다.

"팽가의 무인들을 설득해."

콰──앙!

별채에 생겨난 새로운 전장.

하북팽가와 천소단원의 무의미하고 있을 수 없는 붉게 얼룩진 싸움터에 엄청난 굉음이 울려퍼졌다.

그들이 서 있던 바닥이 쩌적─ 갈라지며 거대한 내력의

파동이 바람이 되어 하북팽가와 천소단원을 양쪽으로 밀어냈다.

마치 거짓말처럼.

무연의 단 한번의 발길로 싸움이 멈추고, 모두의 시선이 굉음과 거대한 힘의 중심이었던 무연을 향해 모여들었다.

모두의 시선이 집중되는 순간. 무연이 팽도천을 향해 말했다.

"지금이 마지막 기회야. 하북팽가의 미래는 오직 네게 달렸다."

그 말을 끝으로 무연이 신형을 날려 사라지자 그곳에는 팽도천만 덩그러니 남았다.

하북팽가의 무인들과 천소단원의 시선이 자신에게로 모여든 것을 느낀 팽도천이 덜덜 떨리는 손으로 결심한 듯 주먹을 쥐며 입을 열었다.

"지금부터 하북팽가의 모든… 무인은… 자신의 무기를 내려놓아라……."

떨리는 팽도천의 외침에도 불구하고 하북팽가의 무인 중 누구도 손에 쥔 도를 내려놓는 이가 아무도 없었다.

"가명… 그딴건 더 이상 중요치 않아. 하북팽가의 무인들아. 눈을 뜨고 현실을 봐라! 각자의 신념을 가지고 무엇이 옳은지! 너희들 눈으로 똑똑히 보란 말이다! 과연! 팽우영이 진정 팽가의 가주로 보이느냐!"

입가에 피가 흘러내렸다. 하지만 팽도천은 멈추지 않았

다.

"무림맹의 어린 후기지수들인 천소단원들을 죽이라는
게! 정녕 정도의 길을 걷고 있는 팽가의 가주가! 내릴 명령
인지 똑똑히 들으란 말이다!"

팽도천의 간절한 외침에 하북팽가의 무인들이 서로를 바
라보았다. 그들의 눈동자가 쉼 없이 떨려왔다.

그 모습들을 광암과의 싸움 중 보게 된 팽우영이 급히 입
을 열었다.

"감히 가명을 어길 셈… 큭!"

동요하는 팽가 무인들의 모습에 팽우영이 급히 외치려
했지만, 권강을 뿌리며 나타난 광암에 의해 끝마치지 못하
고 뒤로 물러서야 했다.

"가만히 있지 못할까!"

"이 새끼가!"

방해하는 광암을 향해 팽우영이 도강기를 휘둘렀다. 광
암은 유연하게 허리를 뒤로 꺾으며 도를 피한 뒤 빠르게
신형을 회전시켜 팽우영의 옆구리를 발로 찼다.

거력의 힘에 허리를 차인 팽우영의 신형이 빠르게 튕겨
나갔다.

"크윽!"

팽우영과 광암이 싸우고 있을 때 팽도천이 떨리는 양손
을 좌우로 펼치며 말했다.

"하북팽가는 혈교라는 간악한 무리들에 의해 정도문파

가 하면 안 될 짓을 저질렀다. 바로… 강시제련이지."

팽도천의 말에 팽가의 무인들이 충격을 받았는지 멍하니 바라봤다.

"다행히 맹의 사람들이 이를 알아차리고 나를 도와주었다. 그 때문에 간악한 무리들의 계획을 저지할 기회가 생겼어. 그러니, 제발 더 이상의 싸움을 멈추게. 멈추고, 팽가에 자리 잡은 혈교의 잔재들을 잡아내야 해! 아직… 아직! 늦지 않았어!"

"그 말… 믿을 수 있는 것이오?"

팽가 무인 중 중년 정도의 나이를 가진 듯한 무인이 앞으로 나서며 물었다. 팽도천이 고개를 끄덕였다.

"맞네. 사실이야! 어째서 팽가에서 사혈문이라는 정파라는 가죽을 뒤집어쓴 사파만도 못한 문파를 눈감아주었는지 알고 있나? 최근 들어 지하감옥으로 나르던 수많은 상자들에 대해 알고 있나? 아니면 팽가의 여덟장로 중 네명의 장로가 어디에 있는지 알고 있나?"

"설마…….."

"그래. 믿기지 않겠지만 사혈문 역시 혈교와 관련 있는 집단이고. 지하감옥으로 나르던 수많은 상자에는 강시를 만들 재료인 시체들이 가득했지. 게다가 팽가의 여덟장로 중 외부로 파견되었다는 장로들은 지금 실종상태네. 아니, 살해당했다고 보는게 맞겠지."

"사, 살해라니? 믿을 수 없습니다."

자신의 사문이 저지른 극악무도한 행위에 젊은 팽가의 무인이 앞으로 나서며 고개를 저었다. 그의 눈동자엔 혼란이 가득했다.

"네명의 장로들은 누구보다 하북팽가에 대한 신의와 충성심이 가득했으니 혈교와 팽우영의 입장에선 눈엣가시였을 거야. 그들이 있으면 일이 이렇게까지 진행되지 못했을 테니까……."

하북팽가의 무인들이 멍하니 팽도천과 팽우영을 번갈아 바라보았다. 광암과 사투를 벌이면서도 팽도천과 하북팽가 무인들의 싸움을 보고 있던 팽우영이 급히 말했다.

"뭐하는 거냐! 이대로 팽가를 저버릴 셈이냐! 가명을 저버리고 팽가를 몰락시킬 생각인 거냐! 이놈들!"

팽우영의 외침에 팽가의 무인 중 한명이 도를 바닥에 떨구며 팽도천에게 다가갔다.

"이제, 우린 어떻게 하면 좋겠습니까?"

모든걸 잃은 듯 허탈한 표정을 짓고 다가온 무인은 무릎을 꿇고 팽도천을 올려다보았다.

그를 내려다보던 팽도천이 우직하게 말했다.

"모든걸……."

무릎 꿇은 무인을 향해 팽도천이 다가가 그에게 손을 내밀었다.

"바로 잡아야지."

하북팽가주(河北彭家主)

챙그랑―!

채앵―!

수많은 도가 바닥에 떨구어졌다.

젊은 무인들을 기점으로 나이 많은 하북팽가의 고수들마
저 손에서 도를 놓았다.

팽가의 무인들이 도를 내려놓자 그들과 대치하던 천소단
원들도 검을 내려놓았다.

"의원… 의원이 필요해요."

울먹거리며 말하는 천소단원에 팽도천이 고개를 돌렸
다.

많은 수의 천소단원이 죽었고, 또한 죽어가고 있었다.

"당장! 팽가의 무인들은 다친 천소단원을 세가 내의 의원으로 옮겨라! 어서!"

팽도천의 말에 따라 하북팽가의 무인들이 천소단원에게 다가갔다.

그들의 움직임에 천소단원들이 움찔하며 뒤로 물러섰다.

방금까지만 해도 목숨을 걸고 싸우던 적이었던 이들이니 도를 내려놓았다 해도 쉽게 마음을 놓을 수가 없었던 것이다.

"미안하오. 하지만 이대로 있다간 정말로 위험하오……."

팽가 무인의 말에 천소단원이 다친 천소단원에게로 가는 길을 열어주었다.

팽가의 무인들이 천소단원을 옮기기 시작했다. 그들의 모습에 팽우영이 고개를 저었다.

"대의가… 대의가 멀지 않았거늘… 멍청한 새끼들! 팽가가 천하제일 세가가 될 날이 머지않았거늘! 이대로 포기하다니 우매한 개같은 새끼들!"

광암에게서 멀리 떨어진 팽우영이 외쳤다.

그의 눈은 흥분으로 인해 붉게 충혈되어 있었다.

"도를 들어라! 도를 들어! 당장 팽가를 제외한 모든 자들의 목을 베어라… 아니! 팽도천! 팽도천의 목을 베어 넘

겨!"

흥분하여 외치는 팽우영의 말은 누구도 듣지 않았다.

미간을 좁힌 채 팽우영을 바라보던 광암이 입을 열었다.

"그만둬라. 팽우영. 끝난걸 모르는 것이냐?"

"닥쳐! 네놈들만… 네놈들만 없었으면! 하북팽가는 천하제일의 세가가 되었을 것이다!"

광기에 젖어 피를 토하듯 말하는 팽우영의 모습에 광암이 고개를 저었다.

"겨우 그런 이유 때문에 무림맹을… 정도(正道)를 저버리려 한 것이냐?"

"정도(正道)? 크하하하하!"

팽우영이 미친 듯이 허리를 젖히고 웃으며 재미있다는 듯 광암을 바라보았다.

"광암. 정말로 이곳 무림에 정도(正道)라는 것이 존재한다고 생각하는 것이냐? 신념을 위해 인간을 죽이는 자들에게 무슨 정도가 존재한단 말이냐? 어차피 각자의 이익을 위해 움직이는 게 인간이야… 나는 하북팽가를 천하제일의 세가로 만들 수 있었다. 내겐 그 무엇보다 중요한 의무였고, 가주로서 해낼 수 있는 가장 가치 있는 일이었다!"

"악의(惡意)로 만들어낸 천하제일 세가가 얼마나 갈 것 같으냐? 맹을 저버리고 정도를 저버린 채 일궈낸 천하제일이라는 명패가 얼마나 버틸 것 같나?"

"문파도, 세가도, 가문도 없는 네가 무엇을 알겠느냐? 나를 어찌 이해하겠는가. 천생 고아인 네가."

이죽거리는 팽우영의 말에도 광암은 전혀 동요하지 않았다. 그저 안쓰럽게 팽우영을 바라볼 뿐이다.

"넌 강했다. 팽우영. 역대 그 누구도 이루지 못한 오호단문도의 대성에 근접했고, 이런 짓을 벌이지 않더라도 너희 세가는 이름을 드높일 수 있었어."

"그 입 닥쳐!"

오호단문도를 극성으로 끌어올린 팽우영의 도에서 거대한 크기의 도강이 발현되었다.

이를 보던 광암이 얼굴을 굳혔다.

모든 내력을 끌어올린 팽우영의 모든 힘이 도신의 끝, 도극에 모여들고 있었다.

"좋지 않군. 내게서 최대한 물러서라!"

광암의 외침에 하북팽가의 무인들과 천소단원들이 급히 물러섰다.

극성으로 끌어올린 팽우영의 신형에서 푸른 연기가 흘러나왔다.

"이런! 팽우영, 혼원진기를 쓰는 게냐!"

팽우영의 두 눈이 형형한 빛을 냈다.

분명, 팽우영의 도에 실린 기운은 거대했다. 누구도 무시할 수 없을 만큼 강한 기운이었다.

"크아악!"

222

'오호단문도(五虎斷門刀) 극성일만도(極成一萬刀).'

모여진 힘이 가히 만개의 도와 같다고 알려진 오호단문도 최후의 초식 극성일만도가 팽우영의 도에서 발현되었다.

빠르게 다가오는 팽우영을 보며 광암이 양주먹에 내력을 가득 실었다.

'동귀어진이라도 할 셈인가?! 웬만한 각오로는 막을 수 없는 공격이다!'

혼원진기까지 끌어올려 만들어낸 극성일만도.

광암 역시 목숨을 걸고 막아야 하는 일격이었다.

광암의 오른주먹에 거대한 내력의 회전이 시작되었다.

'영왕도권(靈王導拳) 일권(一拳) 파경(破境).'

광암의 혼신의 내력을 모두 담은 기운이 오른주먹에 깃들자, 그가 입고 있던 무복이 오른팔을 기점으로 찢겨나갔다.

거대한 기운의 회전을 무복이 버티지 못한 것이다.

쿵―!

광암의 왼다리가 굳건하게 바닥을 디뎠다.

순간 발목까지 땅에 감기며 그의 몸을 굳세게 지탱했다.

몸을 지탱한 광암은 빠르게 다가오는 거대한 크기의 도강을 바라봤다.

"크아악!"

팽우영의 도가 하늘마저 베려는 듯 거대한 반원을 그리

며 광암을 향해 베어왔다. 광암의 오른주먹 역시 일직선을 그리며 팽우영을 향해 뻗어져나갔다.


뚝— 뚝!

"뭐하는… 짓이냐…….."

광암이 물었다.

그의 주먹은 팽우영의 가슴에 닿아 있었다. 광암의 오른주먹에 담긴 거력의 기운이 팽우영의 가슴에 커다란 구멍을 만들어냈다.

"그들은… 어, 어디…에도… 있고, 어느… 순간에도 있네. 이보게… 광, 광암."

숨조차 헐떡이지 못하고 말하던 팽우영이 도를 떨구며 광암에게 파르르 떨리는 손으로 매달렸다.

"전, 전쟁이 없는 곳엔… 군사도… 없, 없는 법일세."

스르륵—

광암의 품에서 팽우영의 신형이 천천히 무너져내렸다.

광암이 급히 쓰러지는 그를 부축했지만, 가슴에 거대한 구멍이 난 팽우영이 살아 있을 리가 없었다.

"팽우영…….."

광암이 복잡한 표정으로 죽어버린 팽우영을 바닥에 내려놓고 자리에 주저앉았다.

온 힘을 다한 일격에 다리가 풀린 것이다.

주저앉은 광암의 등 뒤로 일직선으로 거대하게 생겨난

상흔이 흉흉한 모습을 드러냈다.

팽우영의 신형이 무너지는 순간 하북팽가의 무인 중 한 명이 그림자처럼 무리 속에서 사라졌다.


별채의 외곽. 가슴을 부여잡고 숨을 헐떡이던 무연은 다가온 한소진을 발견하고 고개를 돌려 바라봤다.

그녀는 왼팔에 붕대를 감고 있었다. 두껍게 감은 붕대사이로 핏물이 배어 있는 것을 보니, 얕은 상처가 아닌 듯했다.

"괜찮아?"

한소진의 물음에 무연이 고개를 끄덕였다.

그 후 무연이 한소진의 왼팔을 바라보자, 그녀는 괜찮다는 듯 고개를 끄덕였다.

"살짝 베인 거야. 너야말로 무리한 거 아니야?"

"곧 괜찮아질 거야. 밖은?"

밖의 상황을 물어오는 무연의 옆에 한소진이 앉았다.

"팽도천이 성공했어. 하북팽가의 무인들은 도를 내려놓았고, 지금은 다친 무인들을 의원으로 옮기는 중이야. 하북팽 가주인 팽우영은 광암에 의해 죽었고."

무연이 의아한 표정으로 바라보자 한소진이 말했다.

"확실한 건 아니지만, 팽도천에 의해 팽가의 무인들이 돌아서자 팽우영이 혼원진기를 끌어올려 최후의 일격을 가했어. 광암 역시 그를 상대하기 위해 자신의 최고 절기를 사용한 것 같았어. 하지만…….”

“팽우영이 광암을 베지 않았군.”

보지 않았음에도 알고 있다는 듯 말하는 무연에 한소진이 고개를 끄덕였다.

“네 말이 맞아. 팽우영의 도는 광암을 향하지 않고 그의 등 뒤를 향했어. 덕분의 그의 공격은 애꿎은 땅을 갈라났고. 광암의 주먹은 팽우영의 가슴에 커다란 구멍을 만들었지.”

한소진의 말을 듣고 있던 무연이 비틀거리며 자리에 일어서려 했다. 한소진이 급히 일어서 무연을 부축했다.

“어디 가려고?”

그녀에게 몸을 기댄 무연이 천천히 말했다.

“광암에게! 팽우영이 애꿎은 땅을 향해 도강기를 날렸을 리 없어. 뭔가. 그에게 전할 말이 있었을 거야.”

그의 말에 한소진이 고개를 끄덕이며 무연을 부축하고 걸었다.

\* \* \*

“이게 무슨 일인가?”

하북팽가에 도착한 도원은 여기저기 부서지고 핏자국으로 가득한 팽가의 장원을 바라보며 얼굴을 굳혔다.

이는 하북팽가에 도착한 용천단원도 마찬가지였다.

도원은 급히 신형을 날려 먼저 간 광암을 찾았다.

"오, 왔는가?"

광암의 물음에 도원이 고개를 끄덕이며 급히 그에게 다가갔다.

"광암님. 어찌된 겁니까? 어째서 하북팽가가……."

"일단 용천단이 할 일이 드디어 생겼네. 용천단이 드디어 제 역할을 해야 할 때가 온거지. 축하하네."

"아니, 지금 장난할 때가……."

"천소단원의 삼할이 목숨을 잃었네."

어두워진 얼굴을 한 광암의 말에 도원이 입을 다물었다.

"처, 천소단원의… 삼할이요?"

"지금 의원에서 치료를 받고 있는데 중태에 빠진 이들이 많아. 사상자가 더 나올 수도 있네."

"도대체 어떻게 된 겁니까. 누가 감히 하북팽가에서 천소단원을……!"

"하북팽가일세."

또다시 믿기지 않는 말에 도원이 멍하니 광암을 바라봤다.

그의 행동에 광암이 고개를 저으며 말했다.

"자세한 건 네가 말해주거라."

광암의 말과 함께 무연이 나타났다. 무연의 등장에 도원이 그를 바라봤다.

"어찌된 거냐……."

혼란스러워하는 도원과 곧이어 들어온 용천단원을 보던 무연이 그동안의 일에 대해 말했다.

이야기를 듣는 내내 도원의 얼굴이 붉으락푸르락 변해갔다. 용천단원들도 믿기 힘든 듯 혼란스러운 표정으로 이야기를 들었다.

무연의 이야기가 팽우영의 죽음으로 끝을 맺자 도원이 급히 말했다.

"어째서! 어째서 내게… 아니, 최소한 광암님께만이라도 말을 했어야지! 어찌 너만 알고 있던 것이냐! 어찌 너만 하북팽가로 온 것이냐?"

도원이 흥분하여 외치자 광암이 손을 들어 진정시키며 무연을 향해 말했다.

"우릴 믿지 못해서였겠지. 안 그러냐?"

광암의 말에 무연이 천천히 고개를 끄덕였다.

"우릴… 믿지 못한다고?"

도원의 물음에 무연이 답했다.

"하북팽가에서 일어난 일입니다. 만약 무림맹에 하북팽가와 긴밀한 연이 닿아 있는 이가 있다면? 그리고 만약 그들이 광암님이나 도원님이라면? 혹시나 그러면 제 계획이 성공할 수 없었기 때문입니다. 그들이 마음먹고 은폐하려 했다면 그 누구도 알아낼 수 없을 테니까요."

"우리는 용천단이다. 하북팽가의 그런 일이 벌어지고 있다면 누구보다 빠르게 내게 알려야지! 알렸다면 천소단원이 죽을 일도 없었을 테고…….”

“하북팽가에서 벌어지는 혈교의 잔재도 영원히 찾을 수 없게 되었겠지.”

흥분한 도원의 말을 끊고 광암이 말했다.

광암의 말을 들은 도원이 그를 향해 고개를 돌렸다. 광암이 도원의 어깨에 손을 얹으며 말했다.

“천소단원들의 죽음을 안타까워하는 네 마음은 나도 잘 알고 있으나 이번만큼은 무연의 행동이 옳다. 만약 우리 중 정말로 누군가 하북팽가, 아니 혈교라는 단체와 연이 있는 이가 있다면 무연의 계획이 실패하는 건 물론이요. 하북팽가에서 벌어지는 모든 사건들은 은폐되어 영원히 숨겨졌을 것이다.”

“어찌하여 이런 짓을 벌인 겁니까? 대명문세가인 하북팽가가 어찌!”

도원의 말에 광암은 팽우영이 마지막으로 자신에게 했던 말을 떠올렸다.

“전쟁이 없는 곳엔 군사도 없는 법이다.”

“네?”

도원의 물음에 광암이 말했다.

“팽우영이 내게 죽기 전 남긴 말이다. 그 뜻을 그 당시엔 알 수 없었지만, 지금에 와서는 어렴풋이나마 알 것 같구나.”

“그게 무슨 뜻입니까?”

"먼저 무연."

광암의 부름에 무연이 다가갔다.

"예."

"용천단이 창단된 이유를 알고 있느냐?"

광암의 물음에 무연이 고개를 저었다.

다른 용천단원들 역시 궁금한 듯 광암의 말에 귀를 기울였다.

"현 무림맹주이신 혜정 스님과 나 그리고 도원과 이겸, 군사인 제갈윤은 희미하게나마 무림맹에 있어선 안 될 존재들이 있음을 알고 있었다. 그리고 이들의 목적은 제2의 정사대전을 만들어내는 것이라고 생각했다."

"제2의 정사대전이요?"

장현이 참지 못하고 궁금하여 묻자 광암이 고개를 끄덕였다.

"그래. 무림맹의 힘은 날이 갈수록 커져만 가고, 그 위세는 이미 중원을 가득 메웠지. 그 누구도 무림맹의 상대가 될 수 없어. 물론 덕분에 중원은 평화를 유지할 수 있었다. 하지만… 평화는 모순되게도 무인들에게 어울리지 않는 단어지."

광암의 말을 듣던 무연이 고개를 끄덕였다.

하고자 하는 말이 무슨 뜻인지 알아차렸기 때문이다.

현재 무림맹의 힘이 나날이 커져만 가는데, 견제할 세력은 없었다.

자연스레 힘은 강해지지만, 쓸데가 없어진 상황이 된 것이다.

　무인들은 싸움을 원했고, 권력을 가지길 원했다.

　힘을 가진 자들은 이것을 지키려 할 것이고, 힘이 비교적 약한 자들은 힘을 키우거나 권력을 쟁취하고 싶어 할 것이다.

　중원의 힘은 곧 권력이고, 돈이 되었으니까.

　하지만 마교나 사파 무림처럼 정도 무림이 힘을 쏟고 이겨내야 하는 상대가 없었다. 그들은 비대해지는 힘을 사용할 곳을 잃어버렸고, 권력을 쟁취할 수단을 잃었다.

　"그들이 내전이라도… 일으키려는 겁니까?"

　백건이 조용히 물었다.

　"내전이라… 그래. 맞는 말이다. 무림맹은 그 비대해진 힘을 사용할 곳이 자신밖에 남지 않았어. 이는 소위 명문 문파라 불리는 구파일방과 오대세가도 느끼고 있을 게다. 그래서 우린 용천단이라는 감찰조직을 만들어 맹에서 일어나는 내부의 싸움을 막고, 부정부패를 사전에 차단하며, 비교적 힘이 없는 정도 문파들을 지키려고 했다."

　"하지만 혈교의 등장으로 일이 묘하게 돌아가게 된 것이군요."

　광암의 말을 듣던 백아연이 조용히 답했다. 그녀의 말에 광암이 고개를 끄덕였다.

　"그래. 아무래도 혈교는 무림맹의 현 상황을 이용해 중원을 장악할 생각을 하는 것 같구나. 하북팽가는 오대세가의 한축을 맡고 있지만, 천하제일 세가라는 칭호는 단 한 번도 얻지 못했어. 그것은 하북팽가가 세워진 이후 계속해서 이어진 것이야. 그런 상황에 마교가 물러나고 더 이상 무림맹을 견제할 세력이 사라지자, 팽우영은 이 평화가 계속되면 하북팽가가 천하제일 세가가 되는 때가 오지 않을 거라고 믿었겠지."

광암의 말을 들은 도원이 입을 열었다.

"때문에… 고작 천하제일세가가 되고자 무림맹을 배신하고 혈교와 손을 잡으려 한 겁니까?"

"그것이 그의 신념이었다면."

더 이상 서 있기도 힘들었는지 도원이 자리에 앉으며 눈을 감고 고개를 저었다.

도저히 이해되지 않았고, 이해하고 싶지도 않았다.

"헌데 너는 어떻게 이 모든걸 알고 행동한 거지?"

무연이 지그시 광암을 바라보며 말했다.

"제가 어디까지 믿어도 되겠습니까?"

무연의 물음에 광암이 가슴에 손을 올리며 말했다.

"나는 네게 거짓을 말한 적이 없었다. 앞으로도 그럴 것이고. 네가 혈교라는 단체와 적이며, 무림맹의 안녕을 위해 움직인다면 나는 결코 네 적이 될 일이 없을 것이다."

광암의 말을 듣던 무연이 도원을 향해 시선을 돌렸다. 도원이 눈을 뜨며 말했다.

"나를 믿어도 좋다. 나 역시 너와 같은 뜻을 지니고 있으니."

둘의 말을 들은 무연이 용천단원들을 보며 말했다.

"잠깐 모두 나가 있어."

"하지만……."

백아연이 망설이며 말하자. 무연이 고개를 저었다.

"나가 있어."

단호한 무연의 말에 의해 용천단원들이 모두 빠져나갔다.

근처에 용천단원이 없는걸 확인한 무연이 자리에 앉으며 입을 열었다.

"처음 시작은 사혈문이었습니다."

사혈문에서 시작된 이야기들을 듣는 동안 도원과 광암의 표정은 최대한 무덤덤하려고 애썼지만, 미묘하게 동요했다.

"그러니까 신원을 알 수 없는 자가 사혈문주를 죽였다?"

"예. 객잔에서 만난 남자였습니다. 누군지는 저도 모르겠습니다."

물론 그 남자는 무연 자신이었다. 사혈문주를 죽였다는 사실을 알려주면 그를 죽인 방법과 자신의 무위를 어느 정도 드러내야 했기에 자신이란 사실을 숨기고 여태까지의 일을 간략하게 말해주었다.

이야기를 모두 듣고 난 후 광암이 팔짱을 끼며 말했다.

"너와 우리의 뜻이 같구나. 헌데 너는 어쩌다 혈교를 쫓게 되었느냐?"

광암의 물음에 잠시 망설이던 무연이 입을 열었다.

"친구의 복수입니다."

*　*　*

"가주의 자리가 공석입니다. 그리고 이 자리를 메울 사람은… 단 한사람뿐입니다."

"맞습니다. 그분밖에 없죠."

하북팽가는 현재 긴급회의에 들어갔다.

현재 팽가를 구성하던 장로들이 모두 실종되거나 죽은 상황. 게다가 가주인 팽우영도 목숨을 잃었다.

최대한 빨리 가주를 선출해 상황을 수습해야 했다. 팽가 무인들이 생각하는 가주는 단 한사람이었다.

"팽도천님. 가주직을 맡아주십시오."

팽가 무인들의 간곡한 청에도 팽도천은 손사래를 쳤다.

"내가 이 꼴로 어찌 가주를 한단 말인가… 어림없는 소리일세. 나 말고 다른 이를……."

"저흰 모두 죄인들입니다. 어리석음에 눈이 멀어 죄 없는 어린 무인들을 베어 넘긴 죄인들이란 말입니다. 지금 저희를 올바르게 이끌 수 있는 이는 단 한분뿐입니다."

"아니 그래도……."

팽도천은 혼란스러웠다.

가주가 죽고, 장로들마저 죽거나 실종되었으니 남은 장로는 자신뿐이다.

상황을 수습하기 위해 팽도천은 가느다란 다리로 여기저기 뛰어다니며 상황을 정리했다. 팽가의 무인들은 새 가주를 선출해야 한다며 팽도천을 가주로 임명하려 했다.

하지만 과거에도 부가주직을 맡으라 했지만, 끝내 마다하고 내키지 않는 장로직을 어쩔 수 없이 맡았던 팽도천이었다.

애초에 권력욕이 없던 그였기에 가주의 자리를 맡으라는 팽가무인들의 말에 부담을 느꼈다.

"부가주인 팽도악이 가주를 맡으면 되지 않는가?"

"현재 팽도악님은 맹에서 중요한 업무를 보고 계시지 않습니까? 게다가 지금 당장 가주직을 공석으로 두면 혼란이 더욱 커집니다. 지금 저희가 어떤 상황인지 잘 알고 계시지 않습니까?"

간곡한 청에도 팽도천은 고개를 저었다.

"나는 예전의 팽도천이 아니네. 볼품없이 망가져버려, 무인이라 하기에도 부끄럽게 변했어. 이런 내가 어찌 가주를 하겠는가……."

"이들을 보십시오."

팽가 무인이 본당의 문을 열어젖히자 수많은 팽가의 무인들이 모여 있는 것이 보였다.

그들은 하나같이 팽도천이 가주가 되기를 원했다. 모두가 한마음이 되어 외치는 목소리에 팽도천의 양손이 떨려왔다.

"나는 자격이……."

자격이 없다는 팽도천의 말에 팽가 무인들이 고개를 저었다.

"지금의 팽도천님은 그 어떤 팽가의 무인들보다도 뛰어나십니다."

그들의 말에 팽도천이 눈을 질끈 감았다. 그리고 곧 고개를 끄덕였다.

"알겠네."


팽도천이 가주가 된 후 가장 먼저 한 일은 지하감옥을 파내는 것이다.

팽우영이 은폐하려 했던 강시제련실을 드러내기 위해서였다.

그리고 죽은 천소단원들의 문파에 서신을 보냈다.

서신에는 하북팽가에서 일어난 일련의 사건을 요약한 내용과, 현재는 경황이 없어 갈 수 없지만 사태가 수습되면 현 가주인 팽도천이 직접 문파에 방문하여 사과할 것이라는 내용이 담겨 있었다.

죽은 천소단원의 수가 한둘이 아니었지만 팽도천은 꼭해야 하는 일이라 못을 박아두었다.

그리고 용천단과 협업하여 하북팽가에 남아 있을지 모르는 혈교의 잔재들을 조사했다.

"이 시간부터 하북팽 가주의 권한인 가명을 폐지한다. 천소단원을 죽음으로 몰아간 절대복종 명령은 더 이상 존재하지 않는다. 선택을 해야 하는 순간이 온다면, 각자의 신념과 믿음으로 스스로의 선택을 하기 바란다."

팽도천은 하북팽 가주의 직속 권한인 '가명'을 폐지했다.


늦은 밤 잔뜩 낀 구름 탓에 달빛이 희미하게 하북팽가의 장원을 비추고 있을 때. 별채에 모인 이들이 있었다.

"다행이에요."

모용현의 조용한 말에 운현과 남궁청, 화설중과 화설이 고개를 끄덕였다.

"무연이 아니었다면… 위험했을 거야."

운현이 고개를 들어 용천단원복으로 갈아입은 무연을 보며 말했다. 그의 말에 무연이 고개를 저으며 말했다.

"아니, 너희가 팽도천과 하북팽가에 대해 알아내지 못했다면 이렇게 해내지도 못했을 거다. 너희의 공이 커."

"다같이 좋은게 좋은 거지!"

무연의 말에 화설중이 쾌활하게 말했다. 그러나 이내 화설이 화설중을 진정시켰다.

"그만. 좋아하는 건 나중에 해요. 지금은… 그럴 때가 아니잖아요."

"그래. 네 말이 맞아."

화설의 말을 들은 화설중이 고개를 숙였다.

그녀의 말대로 수많은 천소단원이 목숨을 잃었다.

물론 하북팽가의 무인들도 몇몇 목숨을 잃었지만, 천소단원의 수보다는 적었다.

"하북팽가마저 이런 상황인데… 혹시 다른 문파들 사이에서도……."

운현의 말에 다른 이들도 불안한지 인상을 굳히며 무연을 바라봤다.

그들의 시선에 무연이 고개를 끄덕였다.

"아마 하북팽가와 비슷하거나 더욱 심한 문파가 있겠지."

"그들에 대해 알아낼 방법이 없을까?"

운현의 질문에 무연이 고개를 저었다.

"없어. 그들이 스스로를 드러내지 않는 이상은… 하지만 외당에서 장대웅을 만났어."

"거, 거산 장대웅?!"

운현이 놀라 말하자 나머지 인원들이 궁금해 하며 그를 보았다.

운현이 '아차'하며 그들에게 간단히 장대웅에 대해 설명해주었다. 그러자 그들도 놀라며 무연을 바라봤다.

"죽이려 했지만, 내력을 조절하며 싸워야 해서 죽이진 못했다."

"그럼 놓친 거야?"

"그래."

그의 말에 운현이 심각한 표정으로 물어왔다.

"그럼 네 정체가……."

"내 정체가 어느 정도 윤곽을 드러낼 거야. 하지만 오히려 잘되었지."

"왜?"

"그들이 나를 의식하면……."

무연이 낮고 조용한 목소리로 말했다.

"나도 그들을 보게 될 테니까."

\* \* \*

무연에게 묻고 싶은게 산더미처럼 쌓여 있는 백아연이 한숨을 내쉬었다.

"휴, 어디 가신 거지?"

무연이 말없이 사라져 그를 찾지 못한 백아연이 답답하여 주변을 천천히 걷고 있을 때. 무연과 마찬가지로 검은 무복에서 용천단원복으로 갈아입은 한소진이 그녀의 앞에 나타났다.

"한 소저!"

백아연의 외침에 한소진이 고개를 돌려 바라봤다. 백아연은 한소진에게 다가가 말했다.

"몸은 괜찮으신 거예요?"

한소진은 말없이 고개를 끄덕였다. 그러자 백아연이 밝게 미소지으며 말했다.

"다행이에요."

"그러게요."

단답인 한소진의 말에도 백아연은 전혀 기분 나빠하지 않으며 말했다.

"혹시 무 공자, 아니 부단주님이 어디로 가셨는지 알고 계신가요?"

무연을 부단주라 부르는 백아연의 질문에 한소진이 별채로 시선을 돌렸다.

분명 그라면 운현 일행과 함께 있을 것이다.

이 사실을 알고 있는 한소진이었지만, 그녀는 고개를 저으며 말했다.

"아니, 모르겠네요."

"아아… 그래요? 참, 어디 가신 건지…….."

아쉬워하는 백아연을 뒤로 한소진이 별채로 고개를 돌렸다. 굳이 못 알려줄 것도 없었지만 한소진은 고개를 저었다.

'그도 피곤하겠지.'

\* \* \*

"쉬잇! 저기 봐요."

모용현의 말에 운현과 남궁청 그리고 화설중과 화설이 입을 다물고 가리킨 곳으로 시선을 돌렸다.

그곳에는 팔짱을 낀 무연이 눈을 감은 채 조용히 규칙적으로 숨을 내쉬고 있었다.

그가 잠든 것을 확인한 운현 일행이 조용히 자리에서 일어섰다.

마지막으로 일어선 운현이 무연의 몸 위에 작은 이불을 덮어주며 묘한 표정으로 바라봤다.

'피곤해하는 걸 본 적이 없었는데. 어지간히 힘들었나 보네. 천하의 무신도 곯아떨어질 만큼.'

처음 보는 무연의 모습에 운현이 재미있다는 듯 미소지은 뒤 조용히 방을 빠져나갔다.

긴급회의(緊急會議)

"믿을 수 없구려……."

무림맹 장로회의에 참석한 장로들의 표정은 심히 좋지 못했다.

특히 하북팽가의 부가주인 팽도악은 팽우영의 부탁으로 무림맹에서 업무를 보고 있다가 당장 팽가로 향해 자신의 눈으로 진상을 봐야겠다고 격분하며 말을 타고 떠났다.

"어찌하면 좋겠소?"

조용한 목소리로 무림맹의 맹주인 혜정이 침묵 속에 입을 열었다.

그의 말에 쉽사리 의견을 꺼내는 장로는 없었다.

그도 그럴 것이 오대세가의 한곳인 하북팽가에 벌어진 일인데다가 맹에선 금기시되고 있는 강시제련에 관한 일이었다.

이번 사태가 얼마나 민감하고 위험한 일인지 알고 있는 만큼 말을 아끼고 있는 것이다.

"현재 팽도천이 새로운 가주가 되어 사태를 수습 중이라 합니다. 들리는 정보에 의하면 팽우영과 몇 명의 장로들이 독자적으로 꾸민 사태라는 것 같습니다."

남궁세정의 말을 듣던 혜정이 고개를 살짝 끄덕인 뒤 말했다.

"이해할 수 없군요. 혈교라는 모종의 세력과 힘을 합쳐 중원을 지배한다라… 남궁 장로께서는 이해가 되십니까?"

"무엇이 말입니까?"

은근한 눈길로 남궁세정을 바라본 혜정이 가볍게 미소를 지으며 물었다.

"현재 중원의 평화를 유지하는 무림맹을 저버리고 중원을 피로 물들여 지배하려고 한 하북팽 가주의 마음을 이해할 수 있소? 그리고 그것을 이루기 위해 중원에서 금기한 강시를 제련하려 한 것을 말이오."

혜정의 물음에 남궁세정은 고개를 저었다.

"이해할 수 있었다면 그리고 이해한다면… 제가 이 정도로 충격을 받고, 분노하며 슬퍼할 리가 없겠죠."

사뭇 진지한 남궁세정에 혜정이 얼굴에 띤 미소를 지우며 말했다.

"그렇겠죠. 그렇다면 이 사태를 무림맹은 어떻게 수습하는 게 좋겠소? 상당히 많은 수의 천소단원이 목숨을 잃었소. 그것도 같은 정도의 길을 걷는 무인들에 손에 의해 말이오."

"한명의 가주와 몇 명의 장로들에 의해 벌어진 일입니다. 이번 사태로 하북팽가를 멸문……."

종남파의 장로인 강종의 말에 모두의 시선이 강종과 혜정에게로 몰렸다.

"멸문이라니……!"

웅성거리는 장로들 사이에서 혜정이 조용하지만 묵직한 목소리로 입을 열었다.

"무림에서 금기시된 행위를 저지른 자들에 대한 처벌이 어떤 것인지 모두 알고 계시겠지요?"

혜정의 말에 모든 장로가 입을 다물었다.

무림에서 금기된 행위들인 강시제련, 흡공술, 화탄제조 등을 저지른 자들 혹은 문파는 사형되거나 멸문되었다.

이는 오랜 무림의 역사 속에서 질서를 바로잡고 평화를 지키기 위해 예외 없이 지켜지던 법도였다.

하지만 그 금기를 하북팽가가 깼다. 이는 중원의 평화에 지대한 위험을 가져왔다.

"문파 차원에서 이루어진 금기에 대한 징계는… 멸문이

죠."

남궁세정이 차분하게 말했다. 그 역시 착잡한 듯 어두운 표정으로 고개를 숙였다.

"용천단이 이를 조사하고 있으니, 끝난 뒤 또다시 장로 회의를 거쳐 하북팽가의 존폐를 결정하겠습니다. 모두 이만 돌아가시지요. 어차피 오늘 모인 까닭은 모두에게 하북팽가에서 일어난 일련의 사건들을 알려주기 위해서였으니 말이오."

혜정의 말이 끝나자 장로들이 하나둘 자리에 일어섰다.

자리에 일어서는 장로들을 혜정이 매서운 눈빛으로 한명씩 살폈다.

그들은 혜정의 시선을 받으며 고개를 살짝 숙인 뒤 회의장을 빠져나갔다. 가장 마지막에 남은 남궁세정은 일어서지 않고 앉아 있었다.

"알고 계셨습니까?"

남궁세정이 혜정을 향해 물었다. 그러자 혜정은 고개를 저은뒤 말했다.

"몰랐네. 알았으면… 일이 이렇게 되도록 두지도 않았겠지."

"하지만 맹주님은 무인수행의 장소를 하북팽가로 정하셨고, 용천단의 무인이 무단으로 맹을 빠져나가 하북팽가로 향하였을 때도… 뭔가 알고 계셨던 것처럼 말씀하시지 않았습니까?"

조심스럽지만 뼈가 느껴지는 듯한 남궁세정의 말에 혜정이 재차 고개를 저었다.

 "다시 말하지만 나는 몰랐네. 만약 하북팽가에서 그런 일이 벌어지고 있었다는 걸 알았다면, 나는 천소단원을 보내지 않았을 것이야."

 "알겠습니다… 그럼 저도 이만 일어나 보겠습니다."

 마지막으로 남궁세정이 자리를 떠나자 혜정이 긴 한숨을 내쉬었다.

 "휴우……."

 길게 한숨을 내쉰 뒤 혜정이 자리에 일어섰다.

 그는 무림맹의 맹주다. 하북팽가에서 일어난 사건 탓에 죽어간 천소단원의 문파들이 징계와 처벌을 요구하고 나설 것이다.

 물론, 그 징계와 처벌은 문파의 멸문을 뜻했다.

 천천히 신형을 돌린 혜정이 쓸쓸하게 회의장을 빠져나갔다.

*　*　*

 "무림맹에선 멸문을 행할 것일세."

 광암의 말에 팽도천이 지그시 눈을 감았다.

 그의 손끝이 살짝 떨려오기 시작했다.

 "역시 그렇겠죠?"

팽도천의 물음에 광암이 고개를 끄덕였다.

"강시제련은 결코 가벼운 일이 아니야. 차라리 강시제련을 하려 했다는 걸 숨겼다면, 일이 이렇게는 되지 않았을 것일세."

책망하듯 들려오는 광암의 말에 팽도천이 단호하게 고개를 저었다.

"덮어둘 수만은 없는 일입니다. 맹에서도 알아야겠지요. 현 무림에서 벌어지는 일들을… 그리고 혈교의 존재에 대해서……."

"하지만 하북팽가는……!"

"만약 하북팽가의 역사가 끝난다 해도 어쩔 수 없습니다. 하북팽가가 사라진다 한들 무림의 역사가 끝나는 것은 아닙니다."

"후우……."

팽도천의 꺾이지 않는 의지에 광암 역시 고개를 끄덕였다.

그는 단호했다. 그리고 다시는 하북팽가와 같은 일이 벌어지지 않길 원했다.

그렇기에 하북팽가의 존폐가 위험해지는 한이 있다 하더라도 진실을 알리고자 했다.

"무림맹에는 지금의 평화를 위협하는 이들이 있네. 그렇기에 만들어진 게 용천단이야."

"평화를 위협하는 이들이요……?"

처음 듣는 얘기에 팽도천이 궁금하여 물었다. 광암의 옆에서 조용히 듣고 있던 도원이 입을 열었다.

"그렇습니다. 내전을 일으키는 한이 있더라도 지금의 평화를 깨려고 하죠."

"어째서……?"

이해할 수 없다는 듯 팽도천이 묻자 광암이 말했다.

"전쟁이 없는 곳엔 군사도 없는 법."

뜻을 알 수 없는 광암의 말에 팽도천이 그를 바라봤다.

"팽우영이 죽기 전 내게 남긴 말일세."

"아……."

"그 말을 듣고 나니 알 것 같더군. 그들이 지금의 평화를 깨려고 하는 이유를 말이야."

"그게 대체 뭡니까?"

"팽우영 그리고 그와 함께 일을 벌인 이들… 혈교라는 단체, 무림맹에서 지금의 평화를 위협하는 자들. 그들 모두의 공통점이 무엇인지 알고 있나?"

광암의 물음에 팽도천이 잠시 생각하다 이내 뭔가를 깨달은 듯 굳어진 얼굴로 말했다.

"무인들이군요……."

"맞네. 그들 모두가 무(武)를 연마하는 무인(武人)들일세. 무식하게 들릴지도 모르겠지만, 우리 무인들은 싸움으로써 의미를 가지네. 팽우영이 내게 남긴 말도 어쩌면 그런 뜻일지도 모르지."

"전쟁이 없는 곳엔 군사도 없다… 평화로운 중원엔 무인이 있을 곳이 없다…….”

쓸쓸한 팽도천의 말에 광암이 말없이 고개를 끄덕였다. 그들의 대화 속에 도원이 말을 꺼냈다.

"사라지는 중소 문파들이 상당히 많다고 들었습니다. 이름 있는 명문 문파, 즉 구파일방이나 오대세가와 같은 거대 문파들은 문파 외에도 많은 사업을 두고 있기 때문에 재정난을 겪을 일이 거의 없지만, 중소문파는 그렇지 않습니다. 과거 정사대전이 발발하기 전에는 자신의 몸을 지키고자, 가족을 지키고자 무공을 배우는 이들이 많았지만 지금은…….”

"평화로운 시기에 무공은 중요치 않다고 생각한 거군.”

광암에 말에 도원이 고개를 끄덕이며 말했다.

"그렇습니다. 위협하는 존재가 없다보니, 무공을 배울 필요성을 못 느끼는 것이죠. 오히려 돈이 안 되는 무공을 배우는 것보다 생산적인 일을 하는 것이 더 낫다고 생각하게 된 겁니다.”

"하하하!”

돌연 재미있다는 듯 웃는 광암의 모습에 깜짝 놀란 팽도천과 도원이 그를 바라보았다. 광암은 웃음을 멈추지 않고 말했다.

"웃기지 않은가? 평화를 이루고자 수많은 젊은이들이 무공을 연마했고, 죽어갔네. 우리 세명의 손과 발을 모두

써도 부족할 만큼 수많은 문파들이 역사 속에 사라졌네.
무고하고 죄 없는 이들이 가족들이 죽어가는 모습을 힘없이 바라봤네. 헌데… 평화가 이루어지자 이제는 평화가 사라지길 원한다니, 하하!"

곧 웃음을 멈춘 광암이 주먹 쥔 오른손에 힘을 주며 말했다.

"그들이 싸움을 원한다면 받아줘야지. 우리 역시 어쩔 수 없는 무인이니까."

절반의 진실

"어떻게 말도 없이 그렇게 가실 수가 있어요?"

백아연이 살짝 토라진 듯 무연을 향해 말했다.

화가 난 것은 비단 그녀뿐만이 아닌 듯 용천단원들 대부분이 탐탁지 않은 표정으로 무연을 바라봤다.

무연은 그들의 모습을 주욱 둘러보다 말했다.

"광암님과 단주님에게도 말하지 않았어."

"믿지 못한 건가? 아니면……."

백건의 말에 무연이 고개를 끄덕였다.

"그래. 믿지 못했다."

당당하게 자기가 소속되어 있는 단의 단주를 믿지 못한

다 말하는 무연의 모습에 모두가 고개를 절레절레 저었다.

"하지만 왠지 무연이 그런 말을 하니 그러려니 하게 되네."

이범의 말에 고개를 젓던 이들도 어느새 고개를 끄덕였다.

그의 말대로 무연이 하는 일에는 토를 달 수도, 반박하기도 애매했다. 결국 모든 일이 그의 뜻대로 이루어졌기 때문이다.

"하지만 다음부터는 미리 말이라도 해줘요. 우리가 우리 손으로 부단주를 잡게 하지 말아달라고요."

백아연의 토라진 목소리에 무연이 고개를 끄덕였다.

"그러지."

"하여간 우리 부단주님은 한시도 눈을 뗄 수가 없다니까."

어쩔 수 없다는 듯 고개를 저으며 양팔로 뒷목을 잡고 있고 말하는 장혁의 모습에 장현이 웃었다.

"하하! 눈을 안 떼면? 부단주님을 쫓기라도 할 수 있어?"

"그, 그건…….."

장현의 말에 장혁이 말을 잇지 못했다. 무연과 장현을 번갈아보다 어깨를 으쓱했다.

"뭐, 한 소저가 쫓으실 거야."

장혁의 말에 모두가 웃으며 한소진을 바라봤다.

모두의 시선을 받게 된 한소진이 고개를 돌려 애써 외면했다.

"하긴 아무도 부단주님의 은밀한 움직임을 알아차리지 못했을 때 한 소저만 귀신같이 알아차리고 쫓으셨으니까. 하하!"

"맞아. 어떻게 알고 가신 거예요?"

궁금한 듯 눈을 반짝이며 물어오는 장혁에 한소진이 머뭇거리며 말했다.

"그냥… 눈에 보였을 뿐이야."

"오오, 눈에 보여서 따라갔다니… 이거 혹시?!"

호들갑 떨며 말하는 장혁에 장현이 덩달아 눈을 동그랗게 뜨고 무연과 한소진을 번갈아 보았다.

이런 상황이 처음인 듯 당황하는 한소진을 보던 무연은 그녀를 구해줄 요량으로 입을 열었다.

"그만둬. 단지 내가 용천단원복을 입지 않고 맹을 빠져나가는 모습을 보고 이상함을 느껴서 쫓아온 거니까."

무연의 변호에 장혁이 눈매를 가늘게 뜨며 홱 돌아보았다.

"지금 한 소저를 지켜주기 위해?!"

"오호?!"

장혁과 장현이 같은 얼굴, 같은 표정으로 양쪽에서 쏘아보자 무연이 양손으로 그들의 뒷목을 잡았다.

눈으로 쫓을 수 없을 정도로 빠르고 매서운 무연의 손길에 장혁과 장현은 저항도 하지 못한 채 뒷목을 잡혔다.

"켁!"

"킥!"

추욱―

두명의 신형이 추욱 늘어졌다.

뒷목을 잡는 순간 혈을 점한 무연의 손길에 장현과 장혁이 기절해버린 것이다.

나란히 땅바닥에 누운 장혁과 장현을 바라보던 무연이 나머지 용천단원을 보며 말했다.

"회포는 여기까지 풀도록 하고, 우리 본연의 임무를 수행해야지."

"으, 응."

"그, 그래요."

단숨에 장혁과 장현을 기절시킨 무연이 기다란 다리를 휘적거리며 나갔다. 나머지 용천단원도 무연의 뒤를 쫓았다.

"저렇게 두고 가도 될까요?"

백아연의 물음에 이범이 고개를 저으며 말했다.

"괜찮을 겁니다. 뭐, 팽가 내에 들짐승이 있는게 아니라면요."

안쓰럽게 장혁과 장현을 바라보던 백아연은 고개를 저으며 마지못해 총총걸음으로 무연의 뒤를 쫓았다.

"흐음……."

가장 마지막에 서 있던 백하언이 무연을 쫓던 걸음을 멈추고 세상모르고 기절해 있는 장현과 장혁을 바라봤다.

그러다 다시 신형을 돌려 몇 걸음을 가다 멈추었다.

"으으… 젠장!"

신형을 돌린 백하언이 씩씩 걸으며 장현과 장혁에게로 다가갔다.


"일단 저희랑 약속해요. 다시는 혼자 그렇게 가지 않겠다고."

백아연이 새끼손가락을 내밀며 말했다. 무연이 묵묵히 백아연의 손가락을 바라봤다.

"또 혼자 갈 거예요?"

투덜거리며 묻는 백아연의 손짓에도 무연은 알 수 없다는 듯 손가락과 얼굴을 번갈아 보았다.

둘의 대화를 보던 우윤섭이 못 참겠는지 앞으로 나섰다.

"이건 손가락끼리 엮어서 약속하자는 말이오."

백아연이 우윤섭을 보았다가 다시 시선을 돌려 무연을 바라봤다.

그러자 무연이 백아연의 손을 보다 자신의 새끼손가락을 들어 보았다.

"이렇게 하는 건가?"

무연의 물음에 백아연은 그 모습이 우스웠는지 맑게 웃었다.

"설마 몰랐어요?"

"응."

당당하게 몰랐다고 말하는 무연의 모습에 백아연이 손을 잡아 자신의 새끼손가락과 엮었다.

"이렇게 새끼손가락끼리 엮으면서 약속한다고 말하는 거예요."

"이러면 뭐가 되는 거지?"

"그야, 약속하는 거죠."

백아연의 말에 엮인 손가락을 보던 무연이 고개를 끄덕였다.

"그래. 약속하지."

"좋아요."

＊　＊　＊

"음, 두명이 빠진 것 같은데?"

도원은 집결한 용천단원들을 쭉 돌아보았다. 그의 말대로 아홉명이어야 하는 용천단원은 일곱명만 모여 있었다. 그의 질문에 무연이 대답했다.

"장혁과 장현이 없습니다."

"어디 간거지? 설마 너처럼 또 말없이 사라진 건 아니겠지?"

뼈가 느껴지는 도원의 물음에 무연이 고개를 저었다.

"어디 누워 있을 겁니다."

은근한 무연의 말에 도원이 알겠다는 듯 고개를 끄덕인 뒤 용천단원의 앞을 천천히 걸었다.

"너희도 이제는 대강 상황파악이 되었을 게다. 천소단원은 맹으로 복귀하기 시작했다. 시신을 수습하기 위해 각 문파에서 사람들을 보냈다고 한다. 이제부터 우리가 할 일은 하북팽가에서 강시를 제련한 사실과 그에 연관된 사람들을 조사하는 것이다. 물론 대외적으로 알려진 정보에 의하면 이번 사태는 전 가주인 팽우영과 몇 명의 장로들이 독단적으로 벌인 짓이라고 알려져 있으나, 그건 어디까지나 알려진 사실이다. 우린 더 깊숙이 이 사건을 파고들어야 한다. 알겠나?"

"예!"

우렁찬 대답에 만족한 듯 도원이 그들을 둘러보았다.

"부단주는 인원들에게 적절한 임무를 배당하고 하북팽가의 본당으로 와라."

"알겠습니다."

용천단원들에게 할 일을 말해준 도원이 본당으로 향해 갔다. 무연이 신형을 돌려 용천단원들을 바라보며 각자에게 임무를 주었다.

"백아연과 우윤섭은 하북팽가 외곽에 위치한 창고에서 팽영준과 함께 상자를 옮긴 이들을 심문하고, 그와 관련된 인물들을 조사해. 상자가 어디서 왔는지도."

"네."

"알겠소."

백아연과 우윤섭이 창고에서 일했던 하북팽가의 무인들을 찾아 움직이자 나머지 인원을 보며 무연이 말했다.

"백건과 이범은 지하감옥으로 향해. 지금쯤이면 하북팽가 무인들이 묻힌 지하감옥을 어느 정도 파냈을 거야. 그러면 강시제련실에 있던 상자 안에 들어 있던 무인들의 신원을 파악해."

"그래."

"알겠어."

이범과 백건은 다시 같은 임무를 맡게 되자 탐탁지 않은 듯 서로를 노려보았지만, 이내 재빨리 지하감옥이 있는 곳으로 향했다.

남은 이는 한소진과 백하언이었다. 무연은 백하언을 보며 말했다.

"하북팽가와 사혈문의 관계를 조사해."

"사혈문?"

백하언이 궁금하여 묻자 무연이 고개를 끄덕였다.

"응. 아마 여태까지 하북팽가로 왔던 상자들의 출처에 사혈문이 관여했을 거야. 사혈문과 하북팽가에서 이루어진 모종의 계약 등이 있는지 알아봐. 아마 백아연과 우윤섭의 도움이 필요할 거야."

"그래. 알았어."

"가는 길에 장혁과 장현도 함께 데려가."

무연의 마지막 말에 백하언이 고개를 끄덕이며 자리를 떠났다.

그리고 마지막 남은 한소진이 무연을 바라봤다.

"이제 말해주겠어?"

한소진의 서늘한 목소리에 무연이 말했다.

"그래. 일단 자리를 옮기지. 이렇게 개방되어 있는 곳에서 말한 만한 건 아니군."

한소진과 무연의 신형이 빠르게 사라졌다.

하북팽가의 외곽 구석진 곳으로 몸을 옮긴 한소진과 무연이 근처에 아무도 없음을 확인한 후 서로를 바라봤다.

"무림맹과 마교의 정사대전이 혈교에 의해 일어났다는 게 무슨 말이지?"

"확실한 건 아니야. 이를 알아보기 위해 나도 맹으로 온 거니까."

"그래도 말해."

"혈교라는 단체는 과거에도 존재했다. 그들의 목표는 중원의 장악이었지. 하지만 중원은 이미 정파 무림의 연합 무림맹과 사파 무림의 연합 마교의 존재로 타 세력이 끼어들 만한 곳이 없었다."

무연의 말에 한소진이 고개를 끄덕였다 그녀 또한 그러한 역사 정도는 잘 알고 있었다.

"그때 그들은 비등비등한 마교와 무림맹의 힘을 이용하

기로 했다. 그러기 위해선 정사대전을 발발시켜야 했고, 이를 위해서 혈교는…….”

“단명우…….”

“그래. 단각의 아들, 단명우를 이용하기로 했지.”

단명우의 이야기가 나오자 그녀의 눈이 매섭게 빛을 냈다.

“혈교가… 단명우를 죽인 건가?”

그녀의 물음에 무연이 고개를 저으며 말했다.

“혈교와 관련되어 있다고는 보지만, 아직 이렇다 할 진실은 밝히지 못했다.”

“그래… 그런데 정사대전이 일어난 후 왜 혈교가 모습을 보이지 못한 거지?”

“그때 중원에는 세명의 존재가 균형을 맞추고 있었던 것은 알고 있나?”

“마신 단각 그리고 검신 송월… 그리고 무신 무소월.”

한소진이 뭔가를 깨달은 듯 무연을 똑바로 쳐다보며 중얼거렸다.

“설마, 혈교가 정사대전 때 모습을 못 드러낸 것이… 무신 때문인가?”

그녀의 말에 무연이 고개를 끄덕였다.

“그래. 그리고 그 덕분에 정사대전을 막지 못했지.”

“그가 있었다면, 전쟁이 일어나지 않았다는 거야?”

“최소한… 그렇게 많은 사람들이 죽진 않았겠지.”

회한이 담긴 듯한 무연의 목소리에 한소진이 의아해하며 물었다.

"그런데 너는 이 사실들을 어떻게 알고 있는 거지?"

무연이 조용히 그녀의 눈을 바라봤다.

어떻게 말해야 할까. 어디까지 말해야 할까 고민하던 무연이 천천히 입을 열었다.

"내가……."

\* \* \*

하북팽가에서 일어난 일련의 일들을 흥미롭게 들었던 사내는 눈을 반짝이며 장대웅의 신체를 위아래로 훑어보았다.

"하북팽가에서의 일도 흥미롭지만… 네 몸에 상처를 낸 이가 더욱 궁금하구나."

서늘하게 들려오는 사내의 말에 장대웅이 고개를 숙이며 말했다.

"이제 약관을 갓 넘긴 듯한 사내였습니다. 내공은 그리 심후하진 않았지만 무공의 수준이 수준급이었습니다. 가진 내력의 양에 비해… 과할 정도로 강한 무공이었죠."

장대웅의 말에 사내가 미소지으며 물었다.

"만약 네가 계속해서 그자와 싸웠다면 어떻게 되었을 것 같나?"

"그자가 내력을 조절하여 숨긴 것이 아니라면 제가 이길 것이고……."

잠시 숨을 고른 장대웅이 말을 이어 했다.

"내력을 조절한 것이고 본신의 힘을 전부 드러낸 것이 아니라면……."

문을 열고 빠져나가는 장대웅의 뒷모습에 사내가 턱을 괴고 눈을 감았다.

"자존심 강한 장대웅이 저리 말할 정도면, 보통의 사내가 아닐터… 사혈문주를 죽이고 장대웅과 비등하게 싸웠다라……."

말을 마친 사내가 슬며시 눈을 떴다. 그의 눈은 검붉은색으로 흉흉하게 어두운 방 안에서 홀로 빛을 냈다.

"재미있는 녀석이야."

\*　\*　\*

"흐윽… 하악!"

가녀린 여성의 신음소리에 담백이 민망한 듯 고개를 저으며 멀어졌다.

그로부터 반시진 후 별채의 문이 열리며 설영이 모습을 드러냈다.

"어떻게 됐어?"

담백의 물음에 설영이 이마에 흐르는 땀을 닦았다.

"많이 좋아졌다. 물론 이렇게 한다고 수명이 늘어나거나 하진 않겠지만 최소한 고통받다 죽진 않겠지."

"다행이네요……."

설영의 말에 담백이 고개를 절레절레 저었다.

당사자가 바로 뒤에 있음에도 설영의 말에는 거침이 없었다. 너무도 솔직하고 잔인한 설영에도 한소진은 힘겹게 미소를 지으며 몸을 일으켰다.

"그래도 이제 움직이는 데는 지장이 없을 게다."

뒤를 돌아보며 설영이 한소진을 보며 말했다. 흐르는 땀을 닦아내며 한소진이 고개를 끄덕였다.

"감사해요!"

두발로 서 있는 것이 신기한 듯 몸을 이리저리 움직여 보는 한소진을 안쓰럽게 바라보던 담백이 설영에게 은밀히 다가가 귓가에 조용히 속삭였다.

"여전히 반년밖에 못 사는 거야?"

귓가에 속삭이는 담백의 행동에 불쾌한 듯 설영이 인상을 찌푸리며 그에게서 멀어지며 노려보았다. 담백이 민망한지 얼굴을 붉히며 말했다.

"뭐! 더러운 거라도 봤냐!"

잠시 불쾌한 시선으로 담백을 보던 설영이 자신이 서서 움직이는 게 신기한 듯 비틀거리며 걷는 한소진을 보며 말했다.

"고통은 덜어줬지만 그게 수명을 늘리진 못해. 뭐, 운이 좋으면 좀 더 살겠지."

"앗!"

비틀거리다 다리에 힘이 풀렸는지 한소진이 앞으로 고꾸라졌다.

그때, 설영의 옆에서 바람 소리가 들리는가 싶더니 어느새 담백이 넘어지는 한소진을 잽싸게 붙잡아 일으켜주었다.

"가, 감사해요."

깜짝 놀랐는지 숨을 헐떡이면서도 한소진은 미소지으며 담백을 올려다보았다.

처음 느껴보는 시선에 담백이 얼른 한소진을 잡은 손을 떼며 말했다.

"조, 조심하라고! 네, 네가 다치면 우리도 곤란하니까…! 크흠!"

일으켜준 후 그녀에게서 멀찍이 멀어진 담백의 시선은 여전히 한소진에게로 향하고 있었다.

때때로 그녀가 비틀거릴 때마다 담백의 신형이 움찔거렸다. 언제라도 그녀가 넘어지거나 쓰러지면 잡아주기 위해서였다.

둘의 모습을 보던 설영이 한심스러운 듯 담백을 보다 시선을 돌려 한소진을 바라봤다.

"주군……."

혈혈단신으로 맹에 가 있는 단서연을 떠올리던 설영이
주먹을 말아 쥐었다.

*　　*　　*

"오, 왔는가."

본당으로 찾아온 무연과 한소진을 발견한 팽도천이 반갑
게 그들을 맞이했다.

그를 발견한 무연과 한소진이 고개를 살짝 숙이며 인사
를 건넸다. 광암과 도원은 이야기를 나누는 중이었다.

뭔가 심각한 얘기를 나누는 듯 그들의 표정이 심상치 않
았다.

광암과 도원의 옆자리에 무연과 한소진이 자리를 잡고
앉았다. 도원이 무연을 향해 입을 열었다.

"나머지는?"

"나머지 용천단원은 사혈문과 하북팽가와의 관계, 팽영
준과 함께 상자를 옮기던 무인들에 대한 심문과 강시제련
실에 옮겨진 상자 안에 들어 있던 무인들의 시체를 조사하
고 있습니다."

"그래. 잘해주었다."

"단주님과 광암님 그리고 가주님께 물어보고 싶은게 있
습니다."

무연의 말에 광암과 도원 그리고 팽도천이 일제히 무연

에게로 시선을 돌렸다.

그들의 시선이 한데 모이자 무연이 곧 입을 열었다.

"이십년 전 벌어진 정사대전에 대해 알고 싶습니다."

"정사대전?"

도원이 의아해하며 묻자 광암이 무연을 향해 말했다.

"이미 잘 알려진 정사대전에 대한 이야기를 굳이 우리 입으로 듣고 싶다는 것은… 우리만이 들려줄 수 있는 이야기가 필요해서겠지?"

"정확합니다."

광암의 말에 무연이 고개를 끄덕이며 말을 이었다.

"제가 필요한 것은 당시 정사대전의 인원편성입니다."

"인원편성?"

"네. 무림맹의 인원들이 어디서 어디로 편성되었는지, 또한 어느 문파가 어느 곳에서 마교와 대적하였는지를 알고 싶습니다."

"이제 와 그것을 알고 싶은 이유가 있는 것이냐? 물론 그에 대한 정보야 제갈 군사가 무림맹에서 보관하고 있기는 한다만……."

광암이 말을 흐리며 무연을 지그시 바라보았다.

그가 지금까지 봐온 무연이란 자는 절대 허언을 하거나 쓸데없는 말이나 행동을 하지 않는 자였다.

그런 만큼 무연이 궁금해 하는 정사대전의 인원편성에는 아마 광암 자신도 모르는 뭔가가 숨어 있는게 분명했다.

묘한 눈길로 바라보는 광암의 시선. 무연이 도원과 팽도천, 광암을 둘러보았다. 잠시 그들을 바라보던 무연이 한소진에게로 시선을 돌렸다.

무연과 눈을 마주한 한소진은 묘한 기분을 느꼈다.

심연을 담아넣은 듯한 무연의 두 눈동자는 언제 보아도 적응이 되질 않았다.

나쁜건 아니었다. 단지 빨려들어가는 기분이었다.

곧 무연의 시선이 광암에게로 향했다.

"이십년 전 하나의 중원을 가지기 위해 세개의 세력이 움직였습니다."

"세개의 세력……?"

당연히 세곳 중 두곳은 무림맹과 마교라는 걸 알고 있었지만, 다른 한곳은 처음 듣는 것이라 도원이 궁금하여 무연의 말에 귀를 기울였다.

물론 그것은 광암과 팽도천도 마찬가지였다.

"두곳은 무림맹과 마교였고, 다른 한곳은 바로 혈교입니다."

"혈교……!"

혈교라는 말에 팽도천의 눈이 커졌다. 그리고 곧 노기 어린 음성이 흘러나왔다.

"개같은 자식들… 그들이 이십년 전에도 존재했단 말인가?!"

팽도천의 성난 물음에 무연이 고개를 끄덕였다.

"정사대전을 발발시킨 것 역시 그들입니다."

"뭣이?!"

"뭐, 뭐야?!"

광암과 도원이 두 눈을 부릅뜨고 무연을 바라봤다.

정사대전을 몸소 겪은 이들이었지만 처음 듣는 이야기였다.

"그리고 그런 혈교를 도운 이들이 맹과 마교에 존재한다고 생각합니다."

충격적인 이야기가 계속됨에도 광암과 도원, 팽도천은 묵묵히 집중했다.

만약 일주일 전에 이런 이야기를 들었다면 무연을 미친 놈 취급했거나, 헛소리하는 자로 치부했을 것이다. 하지만 혈교라는 단체의 존재가 어렴풋이 드러나자 더는 무시하거나 외면할 수 없었다.

"혈교라는 단체는 대체 정체가 무엇이냐?"

광암의 물음에 무연은 고개를 저으며 말했다.

"알 수 없습니다. 단지 제가 말씀드릴 수 있는 건, 과거 정사대전을 유도한 이들이 바로 혈교라는 단체이고, 그들에 협조하는 이들이 맹에 존재한다는 겁니다. 어쩌면 마교에도 존재할지 모르죠. 그들의 목적은 어디까지나 중원의 지배이고, 이번 하북팽가에서 일어난 비극에도 그들이 관여해 있습니다."

"헌데 왜 모습을 보이지 않은 거지?"

팽도천이 궁금한 듯 무연을 향해 물었다.

무연의 시선이 팽도천을 향하자 그가 지체 없이 말을 이었다.

"이십년 전 우리는 마교 외의 세력을 본 적이 없네. 혈교라는 단체는 들어본 적도 없었어."

"그게 당연합니다. 그들을 막아선 자가 있었기 때문입니다."

"막아선 자……?"

도원이 무연을 보며 물어볼 때 광암의 눈동자가 심하게 떨려왔다.

그의 손가락 끝이 미세하게 떨려 탁자에 소음을 만들어 낼 정도였다.

"서, 설마……."

떨리는 목소리로 말을 더듬는 광암의 모습에 팽도천과 도원이 놀라 그를 바라봤다.

그러나 광암은 그들의 시선엔 아랑곳하지 않고 무연을 똑바로 쳐다보며 말했다.

"설마 그분이……."

"무소월. 무신이 그들의 앞을 막아섰습니다."

"아……!"

무연의 대답에 광암이 눈을 질끈 감았다. 그리곤 떨리는 목소리로 중얼거리듯 말했다.

"그래… 그분이 정사대전이 일어난 중원을 외면하셨을

리 없다……."

작게 중얼거리던 광암이 눈을 부릅뜬 채로 무연을 바라 봤다.

"그럼 그분은 혈교를 막아내고 어찌되신 것이냐?"

"혈교와의 싸움을 통해 병을 얻었습니다. 많은 강자와의 싸움으로 돌이킬 수 없는 상처와 깊은 내상을 입어 더 이 상 중원에 모습을 드러낼 수 없었습니다."

쿵―!

주먹 쥔 광암의 손이 탁자를 내리쳤다.

그의 눈은 흔들림과 동시에 강한 분노를 담아냈다.

"그래서 무림맹이 혈교를 도와 정사대전을 일으키고, 무 소월님을 상하게 했단 말이냐?"

"그렇습니다."

"너는… 너는 그 모든걸 어찌 아는 것이냐?"

떨리는 광암의 물음에 무연이 잠시 침묵을 지키다 조심 스레 말했다.

"제가 그분의 제자입니다."

"네가… 무소월님의 제자라고?!"

"네."

번개같이 움직인 광암이 양팔을 들어 무연의 양쪽 어깨 를 부여잡았다.

어찌나 강하게 잡았는지 무복이 움푹 들어갔지만, 무연 은 아무렇지 않은 듯 무심한 표정으로 광암을 바라봤다.

광암은 온몸을 부들대며 말했다.

"무소월님은……."

"돌아가셨습니다."

"하! 아직, 아직 그분께 받은 보은을 갚지 못했거늘!"

보은이라는 말에 무연이 잠잠히 광암을 바라보다 작게 중얼거렸다.

"광…유?"

고개를 떨구고 슬퍼하던 광암의 번쩍 고개를 들어올리며 무연을 바라봤다.

그는 충격을 받은 듯 멍한 표정이었다.

"네가 어떻게 그 이름을……."

"이따금씩 스승님께서 그 이름을 들려주시곤 했습니다. 타고난 무인으로서의 재능은 하늘이 내려주었지만, 불행하게도 머리는 내려주시지 않았다고요."

"하하, 하! 하하하!"

무연의 말에 광암이 우스운지 눈물을 글썽이며 웃기 시작했다.

"하하하! 하하하!"

마치 미쳐버린 사람처럼 웃던 광암이 눈가에 고인 눈물을 닦아냈다. 곧 싸늘한 미소를 띠며 무연을 내려다보았다.

"그래. 혈교라는 빌어먹을 단체가 무소월님을 해하고… 이를 맹에서 도왔단 말이냐?"

"예. 저는 그들을 찾기 위해 맹으로 왔습니다."

"내가 어떻게 하면 좋겠느냐?"

"정사대전에 사용된 무인들의 편성 정보와 그 당시 상황을 상세하게 기록한 역사가 필요합니다."

"내가 너를 도와주마."

광암의 말에 무연이 고개를 끄덕였다.

"그리고 이십년 전부터 지금까지 무림맹의 장로직을 맡고 있는 자들의 명단이 필요합니다."

광암이 고개를 끄덕이자 무연은 이번엔 도원에게로 고개를 돌리며 말했다.

"이번 일로 맹에서는 하북팽가의 처분에 대한 장로회의가 열릴 것입니다. 물론 그곳엔 용천단도 함께하겠지요. 그래서 단주님께 부탁할 게 하나 있습니다."

"무엇이냐?"

도원의 물음에 무연이 탁자에 깔린 중원의 지도를 가리키며 말했다.

"중원의 구파일방, 오대세가에 대한 검찰을 시행할 수 있도록 허락을 받아주십시오."

"구파일방과 오대세가 전부에 대한 검찰을 말이냐?"

"그렇습니다. 그리고 정사대전이 끝나고 맹에 유입된 문파들과 새로 생겨나 비정상적으로 성장한 문파들을 조사해주십시오."

"꽤 까다롭고 복잡한 부탁이다만… 한번 해보도록 하마.

너는 뭘 할 셈이냐?"

무연의 의도를 어느 정도 눈치를 챘는지 도원이 무연을 향해 물었다.

무연은 팽도천에게로 시선을 돌리며 말했다.

"하북팽가의 멸문을 막으려 합니다."

담담히 말하는 무연에 모두가 의아한 표정으로 바라봤다.

그중에서도 팽도천은 이해가 되지 않는다는 듯 떨리는 눈동자로 무연을 바라봤다.

"그, 그게 무슨 말인가?"

팽도천의 시선은 쉼 없이 떨려오고 있었다. 무연은 그를 무심히 바라보며 말했다.

"말 그대로입니다. 하북팽가를 멸문으로부터 지키려 합니다."

"어떻게… 왜?"

이해가 되지 않는다는 듯 물어오는 팽도천의 말에 무연이 중원지도에서 하북을 가리켰다.

"사혈문, 지금 생각해보니 사혈문의 존재는 하북팽가의 멸문을 노리고 만들어진 것 같습니다. 하북팽가를 무너뜨리고 그 자리를 사혈문이 차지하게 만들어 자연스럽게 무림맹에 소속시키는 것입니다."

"그 말은…….."

경악 어린 팽도천의 표정에 무연이 고개를 끄덕였다.

"하북팽가의 멸문은 하북을 대표할 무림맹의 명문문파가 사라지는 것이며, 이는 혈교에게 좋은 기회가 되겠죠. 하북팽가는 하북의 패자이자 맹주로서 그 자리를 지켜야 합니다."

"하지만 강시제련일세. 무림에서 금기시하는 강시제련을 하북팽가에서 행했네……!"

"강시는 그리 쉽게 만들어지는 것이 아닙니다. 천고음영지가 아닌 이상에는 만들 수 없습니다."

"그럼 지하감옥에서 행하던 것들은 전부……."

"가짜입니다. 그럴싸하게 꾸며낸 무의미한 제련실입니다. 시체안치소로 보는게 더 맞을 겁니다."

잠자코 무연과 팽도천의 대화를 듣던 도원이 급히 말했다.

"그렇다면 하북팽가의 멸문을 막을 수도 있겠군! 실제로 강시를 제련한 게 아니니 말이야!"

"혈교의 음모였으며, 팽우영의 독단적 행위 그리고 가짜제련실을 증명할 수 있다면, 멸문을 막을 수 있을 겁니다."

드륵―!

의자를 박차고 일어선 팽도천이 급히 몸을 일으켜 무연에게 다가갔다. 돌연 그의 앞에 무릎을 꿇고 고개를 땅에 박았다.

놀란 도원과 광암이 그의 행동에 자리에서 벌떡 일어났

다.

"일어나세요. 당신은 가주입니다."

무연의 무심한 말에도 팽도천은 미동도 하지 않았다.

하다 못한 무연이 자리에 일어서 다가가자 팽도천이 외쳤다.

"지금 나는 하북팽 가주로서 절을 하는게 아니네. 인간 팽도천으로서… 유성이를 구해줘서 고맙네. 나를 구해줘서 고맙네… 하북팽가를 구해줘서 고맙네."

본당을 잔잔히 울리는 팽도천의 말에 무연이 그에게 다가갔다.

"알겠으니 일어나십시오."

하지만 무연의 그런 행동과 말에도 팽도천은 자세를 유지하며 조용히 말했다.

"마지막일세! 나는 다시는 그 누구에게도 고개를 숙이지 않을 것일세. 그것이 하북팽 가주이니 말일세. 그러니 받아주게. 내 처음이자 마지막 감사를."

팽도천의 말을 들은 무연이 잠시 팽도천을 내려다보다 입을 천천히 열었다.

"알겠습니다."

그 말을 들은 팽도천이 고개를 천천히 들었다.

얼마나 강하게 바닥에 머리를 찍었는지 피가 흐르고 있었다. 하지만 그는 흐르는 피 따위 안중에도 없는 듯 무연과 한소진을 번갈아보며 말했다.

"둘 다, 정말로 감사하네."

한소진이 말없이 고개를 끄덕였다.

\* \* \*

본당을 나선 한소진은 앞서가는 무연을 바짝 따라붙으며 말했다.

"맹의 힘이 무림 역사상 최대치에 달해. 그런데 팽우영은 맹을 배신했어. 왜 그런 무모한 짓을 한걸까."

한소진의 물음에 무연이 걷던 걸음을 멈추며 말했다.

"혈교가 맹과 대적할 힘을 가졌거나, 무림맹을 무너뜨릴 계략을 가졌다는 뜻이겠지."

\* \* \*

해가 저물고 밤이 찾아왔다.

용천부단주인 무연의 명령에 각자의 임무를 맡았던 용천단원들이 속속 모여들었다.

그들은 거대한 연회실에 마련된 간이 회의실에 모여 앉았다.

"그들은 정말 몰랐던 모양이에요. 무인들은 팽우영과 팽영준의 명령에 의해 맹목적으로 상자를 옮겼습니다. 그 상자 안에 뭐가 들었는지, 왜 옮기는지조차 묻지 않았다고

해요."

팽영준과 함께 상자를 옮긴 이들에 대한 심문을 위해 움직였던 백아연. 무연이 고개를 끄덕이자 이범이 입을 열었다.

"우린 강시제련실에 있던 상자속의 무인들을 살펴봤어. 얼음이 모두 녹았지만, 다행히 땅속에 파묻히는 바람에 부패가 심하게 진행되지는 않았어. 하지만 대부분 무복을 입고는 있으나 나나 백건이 알아볼 만한 문파는 없었어. 아마도 알려지지 않은 변방 중소문파의 무인들인 것 같아."

이범의 말이 끝나자 백하언이 뒤를 이었다.

"팽가의 무인들 중에서는 사혈문에 대해 아는 이들이 없었어. 그들도 가주와 장로들이 어째서 사혈문을 가만히 두는지 알 수 없었다고 해. 하지만 가주의 명령이 없으니 하북팽가의 무인들도 사혈문을 어쩌지 못한 모양이야."

모두의 말을 들은 무연이 손가락으로 가볍게 탁자를 탁탁— 쳤다.

'가주와 장로의 독단적인 행동… 하북팽가의 어리석을 만큼 충실한 충성도 때문에 가능했겠지… 남은건 사혈문이 멸문한 후에 상자를 조달한 장소겠군.'

생각을 마친 무연이 백아연을 바라보며 물었다.

"혹시 상자를 조달한 장소에 대해서는 들은 바가 없나?"

"아, 사혈문이 멸문한 후에는 상자를 좀 뜸하게 받다가 이내 중앙표국에서 보내오는 상자를 받았다고 해요."

"중앙표국?"

백아연이 힘차게 고개를 끄덕였다. 그녀의 말에 무연이 자리를 박차고 일어섰다.

"나머지는 내일부터 단주님과 합류해서 단주님의 명을 받도록 해."

"네."

"그래."

"알겠소."

무연이 말을 마치고 자리를 나서자 한소진이 뒤를 따랐다.

백아연이 의아하게 둘의 모습을 바라봤다.

"흠, 왠지 둘이 뭔가 심상치 않은 걸요?"

"응?"

장현이 눈매를 좁히며 말했다. 백아연이 무슨 소리냐는 듯 돌아보자 장현이 오른손을 들어 검지와 중지를 펼쳐보였다.

"어디를 가든 항상 둘이 함께 다니잖아요. 저번 훈련 때도 그렇고, 뭔가 부단주님이 한 소저에게 마음이 있는 것 같아요."

장현의 말에 백아연이 아닐 거라고 말하려다 멈추었다.

듣고 보니 장현의 말이 상당히 설득력이 있었기 때문이다.

"그러고 보니……."

"그러고 보니가 아니에요! 아무래도 부단주님이 한 소저를 아끼는 것 같아요. 나참. 부단주님도 무뚝뚝한 성격인데 좀 밝은 성격의 소저를 좋아할 줄 알았는데 똑같이 무뚝뚝하고 차가운 한 소저를 흠모하다니… 좋아하면 닮는다는 게 사실인가 봐요."

"그…래?"

무연과 한소진이 떠난 자리를 묘한 눈으로 바라보던 백아연이 고개를 저었다.

"뭔가 이상해……."

한편, 장혁은 눈매를 좁히며 장현을 바라봤다. 뭔가 이상했다. 불쾌한 기분이 들었다.

장혁이 이런 기분을 가지게 된 계기는 무연의 손에 기절한 일이었다.

분명 형언할 수 없을 정도로 강한 무연의 손길에 맥없이 기절한 것까지는 기억이 났다.

그때만 해도 분명히 장혁과 장현은 나란히 땅바닥에 몸을 뉘였다.

하지만 정신을 차렸을 때는 장현은 그늘진 건물 아래에 살며시 몸을 기대 기절해 있었다.

장혁은 뙤약볕 아래에서 뾰족하게 튀어나온 돌을 침대삼아 누워 있었다.

덕분에 피부는 그을리고 온몸이 쑤셨는데, 장현은 매우 개운한 표정으로 일어났다.

"같이 쓰러졌는데 장현만 그늘진 건물 아래에 편히 기대어 있고, 나는 왜 바닥에 누워 있었던 거지……?!"

장혁의 의문 어린 투덜거림에 백하언이 장혁에게서 슬며시 멀어졌다.

"흠흠……!"

장혁의 눈치를 보며 멀어진 백하언은 밝은 표정으로 백아연과 대화를 나누는 장현을 바라봤다.

남성미라고는 눈곱만큼도 없고 장난기 어린 표정과 얼굴, 장현은 진중함이라고는 찾아보기 힘든 남자였다.

백하언은 백아연을 보며 허연 이를 드러내며 웃는 장현을 보다 고개를 홱— 돌렸다.

"흥!"

\* \* \*

"어디 가는 거야?"

한소진의 물음에 무연이 뒤돌아보지 않고 그대로 걸으며 말했다.

"운현과 만날 생각이야. 그와 만나 양소걸에게 중앙표국에 대한 정보를 부탁할 생각이다."

무연과 함께 걷던 한소진이 뭔가 결심한 듯 입을 열었다.

"나는……."

한소진의 목소리에 무연이 걸음을 멈추고 뒤를 돌아 그

녀를 바라봤다.

무연의 시선과 맞닿은 한소진은 잠시 망설이다 고개를
저었다.

"아니야."

무연은 더 묻지 않고 다시 신형을 돌려 걸었다.

한소진은 더 이상 무연을 따라가지 않고 제자리에 멈춰
섰다.

그녀는 자신의 오른손을 들어 손바닥을 내려다보았다.

어렸을 적부터 검을 잡아왔기 때문에 딱딱하게 굳어진
손바닥이 눈에 들어왔다.


"내가 무신 무소월의 제자니까."

어떻게 알려지지 않은 정사대전의 숨겨진 사건에 대해
알고 있냐고 한소진이 물었을 때 무연이 건넨 말이었다.

그를 믿어도 될까. 내 정체를 말했을 때 그는 과연 나를
받아들일 수 있을까.

여러 의문들이 꼬리에 꼬리를 물고 그녀의 머릿속을 맴
돌았다.

그것에 대한 해답을 얻기 위해 그에게 자신의 정체를 밝
히려 했다.

자신은 마신 단각의 손녀이자 단명우의 여식, 단서연이
라고.

자신의 진짜 이름을 알려주려 했다. 하지만 그녀는 말하

지 못했다.

"나는… 단서연이야."

그녀의 조용한 목소리가 아무도 없는 허공을 허무하게
울렸다.

〈다음 권에 계속〉